Foto: Angelika Tornow

Hans Drawe wurde in Königgrätz geboren und ist Autor mehrerer Filme, Theaterstücke, den Romanen *Kopfstand* und *Griebnitzsee*. Er schrieb außerdem Lyrik (*Seelengesichter*), mehrere Hörspiele, Features und Funkerzählungen für den Hessischen Rundfunk, für den er von 1978 auch als Regisseur tätig war. Für das Drehbuch *Ein Mädchen aus zweiter Hand* erhielt er den Bundesfilmförderungspreis, für das Stück *Der englische Pass* (Regie: Horst Ruprecht) den Preis der Bayrischen Theatertage und den *Deutschen Hörbuchpreis* als Regisseur für *König der Könige* von Ryszard Kapuscinsky. Im Jahr 2000 wurde seine Produktion *Wasserzeichen der Poesie* (Autor: Enzensberger) *Hörbuch des Jahres*.

Diese Novelle ist eine Finktion.
Ähnlichkeiten mit lebenden Personen wären
zufällig.

Ich danke Heike Felsch, Horst Ruprecht, Manfred Pieske und Dr. Dr. Karl Corino für ihre tatkräftige Unterstützung.

Hans Drawe

Die Verführung

Novelle

 tredition

© 2021 Hans Drawe
Umschlag, Illustration: der Autor
Lektorat, Korrektorat: Angelika Tornow

Druck und Distribution im Auftrag des Autors.
Tredition GmbH, Halenreie 40-44, 22359 Hamburg,
Deutschland

ISBN
Hardcover   978-3347-96897-4

Nach vielen Jahren träumte ich gestern erneut von den beiden Schüssen und sah Gottfried mit schreckhaft aufgerissenen Augen und aufgedunsenem Gesicht am erleuchteten Schlafzimmerfenster gestikulieren. In blauem Nebel schwebte ein Zinksarg auf den Schultern schwarzgekleideter Männer opernhaft an mir vorüber. *Aimée, Aimée,* rief ich mit krächzender Stimme. Doch keiner der Männer hörte mich. Auch mein blutiges Hemd bemerkte niemand, das ich mir verzweifelt vom Leib zu reißen versuchte. Schließlich bedrohte ich Gottfried mit einer Wasserpistole und schrie: *Du hast sie umgebracht.* Dunkelheit. Ein Schuss krachte, und ich erwachte schweißgebadet.

Ein tragischer Unglücksfall, las ich damals im Lokalteil der *Volksstimme, ereignete sich vor drei Tagen auf der Insel Heiligenpfort, bei dem die Unterstufenlehrerin Aimée Badinsky getötet wurde. Als ihr Ehemann, Oberleutnant Gottfried Badinsky, seine Dienstwaffe reinigen wollte, löste sich ein Schuss und zerfetzte die Halsschlagader seiner Frau. Jede ärztliche Hilfe kam zu spät. Zwei Lehrerstudenten, die ihr Praktikum bei Frau Badinsky absolvieren, müssen sich nun ohne ihre Mentorin behelfen.*

Einer dieser Lehrerstudenten war ich. Vom zweiten Schuss war keine Rede. Auffällig war auch, dass diese Zeitungsnotiz erst drei Tage nach dem Mord an Aimée erschien.

Diese Geschichte hat sich vor einem halben Jahrhundert ereignet und war in all den Jahren allmählich in meinem Bewusstsein versickert. Durch den Traum ist sie nun wieder gegenwärtig. Aimée Badinsky! Der Name klingt wie eine Beschwörung für mich. Ich sehe sie auf ihrem scheppernden, rostigen

Fahrrad, einem Strohhut mit blauem Band, das im Wind flatterte und dem Batikrock mit den tellergroßen hellblauen Blumen auf dunkelblauem Stoff. Oder: Aimée mit schwarzem Borsalino, einer engen schwarzen Hose, einen Stumpen rauchend und meine schweißfeuchten Bizeps betastend.

Heute frage ich mich, warum ich diese Geschichte nicht schon früher aufgeschrieben habe. Aus Scham? Oder weil ich nicht glaubte, die damaligen Verhältnisse objektiv beurteilen zu können? Weil sich im Westen niemand für eine Story aus der „Zone" interessierte? Ich weiß es nicht. Andererseits ist es müßig, den Gründen nachforschen zu wollen. Mitunter schlummern Geschichten jahrelang in uns, erwachen plötzlich und fordern, aufgeschrieben zu werden. „Alles hat seine Zeit", behauptet Koheleth, und so ist es wohl auch mit dieser Geschichte, die mein Leben veränderte. Ja, sage ich mir, jetzt ist genau der richtige Zeitpunkt!

*

Hast du Aimée geliebt?

Ich weiß es nicht.

Du weißt es nicht?

Nein. Jedenfalls habe ich sie nicht so geliebt wie Melanie.

Du musst doch aber Gefühle für sie gehabt haben?

Natürlich.

Und welche?

Das zu beschreiben ist mir heute nicht mehr möglich. Ich will auch keine abgegriffenen Formulierungen verwenden. Nehmen wir das Geschehene einfach so, wie es sich ereignet hat.

*

Ich erinnere mich an blühende Apfelplantagen, Fichten, Laubbäume, Wiesen, wiederkäuende Kühe und grasende Pferde, als Helbi und ich Mitte April 1960 in einem Bummelzug vom Lehrerbildungsinstitut Kobig zur Insel Heiligenpfort fuhren, die sich in der Nähe der Kleinstadt Fahrenhorst befand, in der wir ein Jahr zuvor mit zwei anderen Kommilitonen unser Praktikum in einer dritten Klasse absolviert hatten. Auf der Insel sollten wir pädagogische Erfahrungen in einer Dorfschule sammeln, in der Kinder von der ersten bis zur vierten Klasse in einem Raum unterrichtet werden. Helbi und ich waren damals siebzehn Jahre alt. Erst nach der Lehrerprüfung wurden wir Achtzehn und sollten unsere Lehrerstellen in einem Dorf oder einer Stadt zugewiesen bekommen. Helbi schien es egal zu sein, wo man ihn einsetzen würde, mir nicht. Ich wollte unbedingt in eine Stadt, am besten nach Berlin, doch das war aussichtslos. Dennoch war ich stolz, in ein paar Monaten als Lehrer arbeiten zu dürfen und mich selbst ernähren zu können.

*

Bevor ich mit der eigentlichen Geschichte beginne, möchte ich meinen Kommilitonen Helbi vorstellen. Er galt als begabt, charmant, war ein Ass in

Mathematik und Physik und mit pädagogischem Geschick gesegnet. Kurz: der geborene Lehrer. Ohne ihn hätte ich die Mathematikprüfung im zweiten Kurs nie bestanden und wäre aller Wahrscheinlichkeit nach vom Institut geflogen.

Helbi war mit zwei älteren Schwestern aufgewachsen und hatte ein offeneres und entspannteres Verhältnis zu Mädchen als ich, einem Einzelkind. Mädchen erschienen mir damals als geheimnisvolle Wesen und schüchterten mich ein. In ihrer Gegenwart lief ich rot an und stotterte. Ein Mädchen musste *mich* ansprechen, wenn es Interesse an mir hatte.

Mit richtigem Namen hieß Helbi Helmut Binder. Sein Kopf überragte mich um die Hälfte. Er bürstete sein braunes glänzendes Haar oft minutenlang vor dem Spiegel, hatte träumerische braune Augen und ein lustiges Schnurrbärtchen, um das ich ihn beneidete. Bei Filmen ab achtzehn winkten ihn die Kartenabreißrinnen, ohne nach seinem Ausweis zu fragen, durch.

Im Institut begegnete ich ihm nur während des Unterrichts oder im Waschraum, wenn wir für den Tanzabend in der Aula die Sakkos oder Schlipse tauschten, und bei den Mahlzeiten, da er sich meistens in der Wetterstation aufhielt oder mit irgendwelchen Mädchen poussierte. Und natürlich an den Heimfahrtstagen, wenn wir im selben Zug fuhren. Helbi wohnte nur zwanzig Kilometer entfernt in Gögern, ich in Borde. Bei den Rückfahrten stiegen wir oft am S-Bahnhof „Bellevue" aus, was uns von der Institutsleitung verboten war und Helbis Vater, einem hundertfünfzigprozentigen Parteigenossen, nicht zu

Ohren kommen durfte. An der Imbissbude kauften wir uns eine Zigarette (damals möglich) und eine Cola und betrachteten beim Rauchen staunend die grell und reißerisch aufgemachten Illustrierten, die Werbung für Bier und Cola, Theater und Kino. Schon damals schien es uns unvorstellbar, dass diese bunte Welt dem Untergang geweiht sein sollte, wie wir im Philosophieunterricht gelernt hatten. Vor allem, wenn wir anschließend durch die dunklen und schäbigen S–Bahn-Stationen von Ost-Berlin fuhren.

*

Am Bahnhof Fahrenhorst ergatterten wir ein Taxi bis zur Anlegestelle der Fähre. Die Sonne strahlte. Es war für die Jahreszeit ungewöhnlich warm. Wir schwitzten, rissen uns die Pullover vom Leib und knöpften uns das Hemd auf. Unsere Koffer hingen bleischwer an den Händen, da sie diverse pädagogische Wälzer enthielten. Außerdem hatte ich meinen Punchingball zu schleppen, den mir unser Trainer für meine Trainingseinheiten mitgegeben hatte.

Auch der Fährmann wischte sich mit einem ölverschmutzten Taschentuch den Schweiß von der Stirn, obwohl er nur ein Unterhemd trug. Auf seinem linken Unterarm prangte ein tätowierter Anker und auf dem rechten Oberarm ein roter Stern mit der Jahreszahl 1917. Damals wussten wir noch nicht, dass er ein Schulfreund Gottfrieds und sein Zuträger war.

Außer uns befanden sich nur wenige Fahrgäste auf der Fähre – ein Liebespaar, das die Köpfe aneinander gelehnte hatte und verträumt auf den See schaute, und zwei Familien mit Kindern, die herumtobten und uns neugierig beäugten.

„Seid ihr die Lehrerstudenten?" fragte uns ein Mädchen mit schwarzen Zöpfen, in die rote Schleifen gebunden waren.

„Ja, das sind wir", sagte Helbi und fügte lächelnd hinzu: „Was dagegen?"

Das Mädchen schüttelte den Kopf, lief zu seinen Eltern zurück und tuschelte mit ihnen. Beide sahen zu uns herüber und musterten uns.

Am linken Ufer der Insel reihten sich ein paar neuerbaute Datschen der Parteifunktionäre des Kreises aneinander, weiter im Norden duckten sich zwei gut erhaltene Gründerzeitvillen unter knorrige Eichen, und auf der rechten Seite, oberhalb der Fischfabrik, schmiegten sich die Katen der Fischer und Arbeiter an das steinige Ufer des Sees. Hinter dem Sportplatz befand sich die Schule, ein von drei hundertjährigen Kastanien beschattetes zweistöckiges Gebäude aus Backstein.

*

Aimée hatte fünf Jahre vor uns am Institut für Lehrerbildung studiert und als Einzige ihres Jahrgangs mit Eins abgeschlossen. „Da kommt ihr in sehr gute Hände", hatte uns unser Klassenlehrer Rühmer mit auf den Weg gegeben, der sie in Pädagogik und Psychologie unterrichtet hatte.

Gewundert hatte uns ihr französischer Vor- und polnischer Nachname.

Vereinbart war, dass sie uns von der Fähre abholen sollte. Doch der gepflasterte Platz an der Anlegestelle gähnte verlassen in der Mittagshitze. Lediglich ein lahmer Hund bewegte sich gemächlich mit heraushängender Zunge auf die Datschen der Funktionäre zu.

„Seid ihr die Lehrerstudenten?", rief der Fährmann, als wir die Fähre verließen.

„Ja", sagte Helbi.

„Sie wohnt da oben in der gelben Villa hinter den Datschen."

Das Abfahrtssignal der Fähre hallte über den See. Auf der Insel war kein Fahrgast zugestiegen.

„Das Beste ist, wir geh'n schon mal vor", meinte Helbi. „Irgendwann muss sie ja auftauchen."

In der Nähe der Fischfabrik winkte uns ein einarmiger Mann in buntem Hemd zu. „Ihr seid wahrscheinlich die Lehrerstudenten! Demnächst komm' ich mal bei euch vorbei. Ich bin der Parteisekretär vom Fischkombinat."

„Schön", rief Helbi und grinste.

Der Weg zur Schule schlängelte sich an Katen vorbei. Vor einigen hockten ältere, schwarzgekleidete Frauen und musterten uns.

„Gefällt mir hier", sagte Helbi. „Da bräuchten wir nur noch einen Kahn."

Vor der Schule stellten wir unsere Koffer ab und warfen durch das Fenster einen Blick auf die trostlosen hellbraunen Bänke und Tische im Klassenraum. Vier Wochen Unterricht in dieser Trostlosigkeit, dachte ich. Vier Wochen abgeschnitten von der Welt. Vier Wochen ohne Melanie!

Anschließend setzten wir uns auf eine von der Sonne ausgebleichte Holzbank, von der wir die Anlegestelle beobachten und die Industrieschornsteine von Fahrenhorst sehen konnten.

Helbi rauchte. „Wo sie nur bleibt?"

Ich rauchte damals schon nicht mehr, da ich in Kobig einer Boxstaffel beigetreten war, die am 1. Mai zum ersten Mal öffentlich kämpfen sollte.

Als Helbi seine Zigarette austrat, fiel uns eine junge, zarte Frau Mitte zwanzig auf, die mit einem Fahrrad über den unteren Uferweg zu uns herauf radelte. Ich erinnere mich noch genau an ihren Batikrock und den Strohhut mit blauem Band, das im Wind flatterte. Sie hielt ihren Hut mit der linken Hand fest und hatte Mühe, den Berg herauf zu strampeln. Vor der Schule lehnte sie das Rad an eine der Kastanien und sagte keuchend: „Entschuldigt, Jugendfreunde. Ich hab' verschlafen. Ohne Nachmittagsschlaf bin ich nur ein halber Mensch." Sie lachte und nieste kurz darauf. „Diese blöde Allergie", rief sie, putzte sich mit einem Spitzentaschentuch die Nase und steckte es hinter einen breiten schwarzen Gummigürtel. „Haben Sie eine gute Reise gehabt?" fragte sie, wartete unsere Antwort aber gar nicht ab und sperrte die Schultür auf. „Vorsicht, wackeliges Geländer", warnte sie uns von der Treppe aus, die zum Dachgeschoss führte.

Helbi und ich hatten Schwierigkeiten, die Koffer über die schmale Treppe ins Zimmer zu hieven und das Geländer nicht zu berühren. Außerdem war mir mein Punchingball im Weg.

Aimée schaute uns belustigt von der oberen Plattform zu.

„Was haben Sie denn da?" fragte sie mich und wies auf den Punchingball.

„Einen Punchingball."

Ihre Augenbrauen hoben sich erstaunt.

„Zum Trainieren. Boxen."

„Oh!" Sie drehte sich mit einer ausholenden Geste um ihre eigene Achse und sagte: „Ihr Reich. Kein Schloss, aber das haben Sie ja wohl auch nicht erwartet."

An der linken und rechten Wand standen zwei Betten aus Nussbaum mit gedrechselten Säulchen an Kopf- und Fußenden und passende hüfthohe Nachttische mit Auflageplatten aus Marmorimitat. Auf den gelben zylinderförmigen Kunststoffschirmen der Nachttischlampen flogen bei angeschaltetem Licht verschiedenfarbige Schmetterlinge auf.

„Zu Mittag können Sie, außer sonntags, kostenlos in der Genossenschaft essen. Um Ihr Frühstück und Abendbrot müssen Sie sich selber kümmern", sagte Aimée. „Abendessen können Sie heute im *Roten Oktober*, wenn Sie das möchten. Ich empfehle Bratkartoffeln mit Sülze und spreewälder Gurken. Eine Spezialität."

Sie nieste wieder in ihr Taschentuch. „Also dann, bis morgen. Acht Uhr."

*

Wir packten unsere Koffer aus und richteten uns ein.

„Und? Wie findest du sie?", fragte Helbi, nachdem wir uns erschöpft auf die knarrenden Betten geworfen hatten.

„Sie bewegt sich wie eine Katze. Ihr Körper ist ein einziges Lauern", meinte er nachdenklich.

„Lauern? Worauf?" fragte ich erstaunt.

Helbi lächelte. „Worauf wohl?"

Die wirklich leidenschaftliche Frau sei ohnehin die hässliche, behauptete er nach einer längeren Pause.

„Der Schönen musst du dauernd den Hof machen. Die Hässliche dagegen schmückt sich mit dir, um sich vor sich selbst zu bestätigen, und verzeiht dir, wenn du sie schlecht behandelst oder mieser Laune bist. Die Schöne hält sich für den Nabel der Welt und möchte ständig hofiert werden. Deshalb sind sie im Bett auch so langweilig."

„Und die Kinokassiererin?" fragte ich neugierig.

Alle am Institut wussten, dass er mit diesem Marina-Vlady-Typ eine kurze Liaison gehabt hatte, bevor sie sich in den Stadtcasanova Strelewski verliebte.

"Eine Ausnahme."

"Eine Ausnahme?"

„Weil sie Nymphomanin ist."

Das Wort Nymphomanin hatte ich noch nie gehört, wusste nur vom Literaturunterricht, dass es sich bei Nymphen um Naturgottheiten handelt und Manie, Besessenheit, Wahn, Wahnsinn bedeutet. Doch die Kassiererin schien mir weder wahnsinnig noch besessen zu sein.

„Ich hab' vor einigen Wochen auch noch nicht gewusst, was das ist", sagte Helbi, der meinen fragenden Blick bemerkt hatte. "Die können von der Sache nie genug kriegen, verstehst du?"

„Ja?"

„Sieh im Lexikon nach." Er steckte sich eine Zigarette an, blies den Rauch in die Luft und sagte: „Das Tolle an älteren Weibern ist, dass sie keinen Schmu von wegen Liebe machen. Sie wollen einzig ihr Vergnügen und wissen genau, wenn es problemlos klappt."

Das hätte ich auch gern gewusst, hakte aber nicht nach, da ich mir keine weitere Blöße geben wollte. Ich hatte noch nie mit einem Mädchen geschlafen. Damals gab es weder die Pille noch Kondomautomaten; *Sanex* nur in Drogerien oder Apotheken, in denen ältere Frauen oder dickbäuchige Männer mit Glatze und Schnurrbart bedienten, denen ich mich niemals anvertraut hätte.

„Weißt du, was ich glaube? Dass sie unglücklich ist", sagte Helbi. „Ein Mann, der eine Frau im richtigen Augenblick tröstet, hat die besten Chancen, sie herum zu kriegen."

Ich starrte durch das Dachfenster in den wolkenlosen Himmel, wobei ich auf der schmalen Holzeinfassung ein Pfauenauge entdeckte, das vor Lebensfreude hektisch mit den Flügeln schlug.

"Willst du sie denn rumkriegen?", fragte ich.

"Mal sehen. Die ist auf jeden Fall scharf."

Wenig später schnarchte er, und mir spukte die Nymphomanin im Kopf herum. Ich musste an die Kinokassiererin denken und spürte eine starke Erregung. Ich wusste genau, in welchem Zimmer ihr Bett stand, da ich Helbi und ihr einmal nachgeschlichen war und meinen Freund in einem Fenster angezogen und kurz vor dem Löschen des

Lichts in einem anderen nur im Unterhemd gesehen hatte.

Insgeheim wünschte ich mir, dass auch Melanie eine Nymphomanin wäre. Ich wollte endlich ein Mann sein und mit einer Frau geschlafen haben. Doch mehr als Küssen ließ sie nicht zu.

*

Am nächsten Morgen warteten wir gespannt vor dem Klassenzimmer. Einige Schüler spielten Fangen an den Kastanien und warfen uns neugierige Blicke zu. Über dem See schwebten schiefergraue Wolken, und von der Anlegestelle in Fahrenhorst hallte das Tuten der Fähre herüber. Mehrere Silbermöwen flogen vom Anlegeplatz Richtung Fischkombinat.

Aimée verließ die Bäckerei Habel und hastete die regennasse Straße zu uns herauf. „Was für ein scheußliches Wetter", rief sie, als sie das Schulgebäude betrat. Kurz darauf begann sie mit dem Unterricht. Heimatkunde, Deutsch, Rechnen. Sie wirkte streng und fordernd, zu Beginn auch hektisch. Das übersichtlich gegliederte Tafelbild und das mit roter Kreide hervorgehobene Bildungs- und Erziehungsziel trugen entscheidend zum Unterrichtserfolg bei.

Helbi und ich saßen eingequetscht in der hinteren Bank und protokollierten den Unterrichtsverlauf. Da ich möglichst alles mitschreiben wollte, sah mein Schriftbild krakelig aus. Nur ich konnte lesen, was ich geschrieben hatte.

Anschließend bewerteten wir die Stunden im Klassenzimmer.

Zu meiner Überraschung rauchte Aimée einen Stumpen. Ihre Allergie schien abgeklungen zu sein. Ihr straff nach hinten gekämmtes dunkelblondes Haar hatte sie mit einem Gummiring zu einem Pferdeschwänzchen gebunden, wodurch sie wie eine Achtzehnjährige aussah. Erst jetzt bemerkte ich, dass ihre Augen im Licht von braun in ein dunkles Grün changierten.

Ihre schmalen dunkelbraunen Augenbrauen wölbten sich über eine hohe leicht gebogene Stirn. Unter den Augen spannte sich die Haut über die Wangenknochen makellos bis zum spitzen Kinn und der spitzen Nase, die ihrem Gesicht einen ironischen Ausdruck verliehen. Dazu im Gegensatz der Mund mit den leicht aufgeworfenen sinnlichen Lippen, der ein beunruhigendes Spannungsfeld schuf und jeden Betrachter irritierte.

Der Rauch des Stumpens ringelte bizarre Muster in die Luft und zerfaserte vor der Weltkarte, während sich Helbi bewundernd über die Stunden ausließ.

„Und Ihre Meinung, Jugendfreund Kopmann?" fragte Aimée.

„Ich schließe mich meinem Vorredner an", sagte ich großspurig. „Hervorragende Stunden."

Aimée musterte mich kurz. „Keine eigene Meinung?"

„Besser als er kann ich es auch nicht sagen."

„Dann werden Sie beim nächsten Mal den Anfang machen." Sie verlangte meine Notizen zu sehen. „Ihre Schrift ist miserabel. Wie soll das erst mit dem Tafelbild werden? Das müssen Sie unbedingt üben. So geht das nicht. Sie schreiben mir heute Abend noch eine Seite in gestochener Schönschrift. Die sehe ich mir morgen an."

Eine Seite Schönschrift! Ich kam mir wie ein Klippschüler vor.

*

Am Spätnachmittag zeigte sich hin und wieder die Sonne. Ich zog meinen Trainingsanzug an und lief mit Bleigewichten um den Bauch am oberen Uferweg entlang, da ich für meinen Kampf noch eineinhalb Kilo abspecken musste, um im Bantamgewicht kämpfen zu können.

Meine Laufstrecke führte mich auch an Aimées Villa vorbei. Gottfried grub in Drillichuniform den Garten um und Aimée zupfte Unkraut. „Jugendfreund Kopmann", rief sie und winkte mich an den Zaun.

Mein schweißnasses Unterhemd klebte am Körper. Erst im Stehen bemerkte ich, wie schwer die Bleigewichte waren.

„Sieh mal, Gottfried, das ist einer meiner Praktikanten", rief Aimée.

Gottfried wischte sich mit einem Tuch den Schweiß von der Stirn und drückte mir die Hand. Er schwitzte ebenfalls.

„Stell dir vor, er boxt."

Gottfried lachte gutmütig. „Da muss ich mich wohl vorsehen, was?"

„Es ist mein erster Kampf am 1. Mai. Mein Gegner ist mehrmaliger Bezirks- und Vize-Meister. Da hab' ich keine Chance. Doch wenn ich kneife, bin ich bei meinen Kumpels unten durch."

„Klar", sagte Gottfried. „Gute Kameradschaft ist alles. - Ich wünsch' dir viel Glück, Jugendfreund." Er sah zum Himmel auf, als traue er dem Wetter nicht. „Entschuldige, ich muss jetzt weiter graben, um bis zum Abend fertig zu werden."

*

Am folgenden Tag, an dem es genauso warm war wie bei unserer Ankunft, ruderten Helbi und ich mit dem verwitterten Kahn der Schule auf den in der Sonne glitzernden See hinaus und beobachteten die Wasservögel. Helbi kannte sie alle und erklärte mir ihre Lebensumstände. Anschließend aßen wir im *Roten Oktober* Bratkartoffeln mit Sülze und tranken Bier. Zum Abschluss schütteten wir noch einen klaren hinterher, der auch als Spezialität der Gegend galt und die Verdauung fördern sollte.

„So lässt sich's leben", rief Helbi. „Die Stadt in der Nähe. Am Wochenende Schwof im *Café Zillich*, Weiber."

Mir war das egal. Ich sehnte mich nach Melanie.

*

Morgens kauften wir unsere Brötchen in der Bäckerei Habel, die auch Milch, Käse und Marmelade führte, da es auf der Insel kein Lebensmittelgeschäft gab. Heike, die Tochter des Bäckers, bediente uns. Ihr langes schwarzes Haar fiel ihr auf die Schulter und ihre hellblauen Augen blitzten lustig, als sie uns mit einem spöttischen Lächeln musterte. Ich erinnere mich noch genau an ihr Grübchen in der rechten Wange, das tiefer wurde, wenn sie lachte. Alles an ihr wirkte heiter, unverkrampft und lebensfroh. Selbst wenn sie weinte, schien sie nicht wirklich verzweifelt. Ihre offene und fröhliche Art hatte Helbi sofort für sie entflammt.

Zu unserer Überraschung brachte sie uns am nächsten Morgen die Brötchen und setzte sich an den Holztisch, den wir vor der Turnhalle aufgestellt hatten. „Zu bezahlen braucht ihr nichts, ich hab' sie geklaut", sagte sie strahlend und stellte uns die Tüte mit den noch warmen Brötchen auf den Tisch. Ebenfalls ein Glas Erdbeermarmelade. „Ihr zukünftigen Junglehrer sollt es gut bei uns haben."

„Du machst uns sprachlos, holde Schöne", rief Helbi, der die Tüte aufhob und schüttelte. „Und was erwartest du als Gegengabe von den edlen Rittern?"

„Eure Freundschaft und euren Schutz."

Wir lachten.

Anschließend frühstückte Heike mit uns, blieb bis kurz vor Unterrichtsbeginn und warnte uns vor dem Tratsch auf der Insel. „Nehmt euch vor allem vor Rosenwinkel in Acht. Er steckt seine Nase überall rein." Außerdem erfuhren wir, dass Gottfried ein Frauenheld sei und es zwischen ihm und Aimée des Öfteren Streit gab. „Sie streiten und versöhnen sich." Heike wusste es von Rosenwinkel, für den sie ab und zu Berichte auf der Schreibmaschine schrieb, um sich zusätzlich Geld für einen Zelturlaub an der Ostsee zu verdienen.

„Fährst du allein ans Meer, meine Schöne?" fragte Helbi.

„Wer weiß?" entgegnete Heike schnippisch.

„Sag bloß, du bist schon einem Ritter zugesprochen, junge Maid?!"

„Erforsch' es nur, du wackrer Minnesänger!" lachte Heike, hob die Hand zum Abschied und lief die Straße zur Fischereigenossenschaft hinunter.

Am nächsten Tag lud sie Helbi zu einem Segeltörn ein.

„Unser Boot steht in einem Schuppen neben der Fischfabrik. Wenn du Lust hast..."

„Klar. Kann nur nicht segeln."

„Das bring' ich dir bei, edler Ritter. Es ist leichter als in einer Rüstung zu reiten und zu fechten."

Seit diesem Tag segelten sie viele Nachmittage in Richtung Gorbach und Wohlbusch, zwei Kreisstädten am Ufer des Sees mit Häfen und Wochenendhäusern.

*

Da Helbi und ich die Unterrichtsstunden gemeinsam vorbereiteten, hielt ich mich passabel. „Keine Highlights, aber guter Durchschnitt", urteilte Aimée.

„Guter Durchschnitt", rief Helbi verärgert.

„Nimm es nicht so ernst. Vielleicht will sie uns ja auch nur anspornen?"

„Anspornen?! - Ich sag' dir doch, die Ziege ist frustriert. Diese Weiber sind unberechenbar."

Am Abend rasierte sich Helbi, den ich um seinen Bart beneidete, da bei mir nur ein Bartschatten durch die Haut schimmerte.

„Was meinst du", fragte er, „wenn ich mir einen Bart wie D'Artagnan stehen lasse?"
Die drei Musketiere hatten wir erst kürzlich im Kino in Kobig gesehen.
„Warum nicht? Ich würde mir gern einen wie Errol Flynn wachsen lassen, aber..." sagte ich und fuhr mit der Hand hilflos über mein Gesicht. „Die Weiber werden in Ohnmacht fallen, wenn sie dich sehen."
„D'Artagnan!" rief Helbi und sprang in Fechterpose.

*

Da mir immer noch zu viel Fett an den Knochen hing, verdoppelte ich mein Laufpensum. Gewöhnlich lief ich durch ein kleines Wäldchen zur Villa des Parteisekretärs, an Aimées Villa und den Datschen der Funktionäre vorbei über die Anlegestelle der Fähre zur Schule zurück. Diesmal lief ich nochmals bis zu Aimées Villa und dann wieder den Weg zur Schule hinauf.
Als ich mich erschöpft an das Fenster der Turnhalle lehnte, entdeckte ich Aimée. Sie beugte sich auf einer Matte vor, bis ihr Kopf die Knie berührte. Danach hob sie die Arme, spreizte die gestreckten Beine und fuhr sich mit ihren schmalen langfingrigen Händen mehrere Male über die Innenseite der Schenkel, was mich sofort erregte. Danach fiel ihr Blick auf mich, und ich rannte so schnell ich konnte davon. In meiner Fantasie schlossen sich ihre Beine wie die Fangarme einer Krake um meine Taille. Ich stolperte, fiel auf modrigen Boden und sah verschwommen den See.

Ich verstand nicht, was mit mir vorging. Mein Herz hämmerte wild. - Warum trainiert sie in der Halle und nicht bei sich zu Hause? Wollte sie Helbi begegnen? Oder war alles nur ein Zufall?

Danach lief ich aufs Zimmer, um mich mit Helbi auf die Stunden für den nächsten Tag vorzubereiten. Doch Aimées gegrätschte Beine gingen mir nicht mehr aus dem Kopf.

*

Durch das Praktikum war es mir unmöglich, mit der Staffel zu trainieren, da Kobig 80 Kilometer von Heiligenpfort entfernt lag, und eine Bahnfahrt bei den maroden Schienen einen halben Tag gedauert hätte. Deshalb hatte mir unser Trainer einen Trainingsplan ausgearbeitet. Arbeit am Punchingball, Bauchmuskelstärkung, Seilspringen, Laufeinheiten. „Halt dich genau an meinen Plan. *Kondition und Beinarbeit sind das Wichtigste.* Ausweichen ist die halbe Miete. Wenn du das Boxen richtig kapierst, ist es die beste Schule fürs Leben", hatte er mir eingetrichtert.

Besser wären natürlich Sparringeinheiten mit unserem Mittelgewichtler Hubertus Guder gewesen, um mich im Nahkampf zu üben, in dem mein Gegner ein Experte war.

Um meine Schlagkraft zu verbessern, schlug ich an den Nachmittagen bis zur Erschöpfung auf den Punchingball ein.

Bei einer dieser Trainingseinheiten erschien Aimée in der Halle.

Ich erinnere mich, dass sie einen schwarzen Borsalino und eine rote Seidenbluse trug, die zu ihrem Lippenstift passte. Durch den Borsalino wirkte sie wie eine der Frauen aus den Modejournalen auf dem S-Bahnhof *Bellevue*.

„Es macht Ihnen doch nichts aus, wenn ich rauche?" fragte sie und zündete sich einen Stumpen an.

Ich trat verlegen auf der Stelle und starrte aus dem Fenster.

„Das ist also das gute Stück, das ihre Muskeln stählt", sagte sie mit ironischem Unterton und klopfte auf den Punchingball. „Darauf dreschen Sie ein und stellen sich Ihren Gegner vor, richtig?"

„Ja", sagte ich verlegen.

„Wie wäre es, wenn Sie mir Ihre Boxkünste einmal vorführen?"   Bei diesen Worten nahm sie einen Zug aus dem Stumpen und blies mir den Rauch so unglücklich in die Nase, dass ich husten musste.

„Oh, entschuldigen Sie, ich wusste nicht, dass Sie so empfindlich sind", rief sie mit einem Lacher.

Ihr spöttischer Ton verstärkte meine Unsicherheit.

„Also los, Max Schmeling."

„Schmeling war Schwergewicht. Ich bin nur Bantam", sagte ich.

„Ein Leichtgewicht also?" fragte sie spöttisch.

„Das ist noch weniger als Bantam."

„Freut mich, dass Sie kein Leichtgewicht sind", sagte sie.

Ich hatte keine Lust, mich zum Clown zu machen, wusste jedoch nicht, wie ich mich entziehen könnte.

„Also? Zeigen Sie mir Ihre Muskeln, Jugendfreund Kopmann!"

Am liebsten wäre ich auf und davon, drosch jedoch in einer Aufwallung von Trotz und Wut auf den Punchingball ein, wobei ich mir Soblottny vorstellte, den mir Calbeit auf einem Foto gezeigt hatte. Ich schlug Gerade und Haken, pendelte zur Seite und schlug wieder Haken, dass es nur so klatschte. In meinen Schläfen pochte das Blut. Ich atmete schwer, bekam keine Luft mehr und schnaufte. Schweiß rann mir in die Augen, die zu brennen begannen.

„Genug", rief Aimée und betrachtete meine Bizeps. „Darf ich mal?" fragte sie und strich sanft darüber. „Wie hart sie sind. Wenn Ihre Stunden auch so gut wären, wie Sie boxen...", sagte sie mit gespielter Ernsthaftigkeit und ging ans Fenster. „Haben Sie eine Ahnung, wo Jugendfreund Binder steckt?"

„Keine Ahnung." Natürlich wusste ich, dass er mit Heike segelte. Damals regte sich zum ersten Mal meine Eifersucht. Immer Helbi, dachte ich. Immer er! „Dann helfen *Sie* mir", befahl sie nach einer kurzen Pause.

*

In der Klasse zog Aimée eine Skizze von einem Blütenkelch aus der Tasche, den ich auf die Tafel übertragen sollte.

„Zeichnen können Sie auch nicht", hauchte sie in meinem Rücken und griff nach meiner Hand, um mit mir gemeinsam den Blütenstempel zu zeichnen. „Im Handgelenk lockerer." Dabei raunte sie mir „Befruchtung", „Blütenstempel" und „Bestäuber" ins Ohr. Ich spürte ihren Körper und roch ein

Duftgemisch aus Tabak und erregendem Parfüm. Ihre Lippen bewegten sich so nahe an meinem Ohr, dass es mir vorkam, als berührten sie mich. „Die Bienen-Ragwurz, eine Orchidee", schrieb ich, „lockt…" Mein kleiner Freund schwoll gegen meine Willen an; meine Hände begannen zu zittern.

„Nein, nein, das schreiben Sie nochmal. Das können die Kinder nicht lesen!"

Ich biss mir auf die Lippen und schrieb weiter.

„Es geht doch", rief Aimée nach meinem dritten Versuch. „Man muss es nur wollen. Und üben. Üben macht den Meister."

Als ich mich umdrehte, warf sie ihren Hut auf die vordere Bank, setzte sich auf den Lehrertisch, kramte einen Brief aus ihrer Aktentasche und hielt ihn in die Luft. „Heute Morgen gekommen. - Von Ihrer Liebsten?"

„Geben Sie her!"

„Nicht so hastig, Jugendfreund", lachte sie, zog ihn weg und lief wie ein Mädchen, das Fangen spielen will, davon. Am anderen Ende der Klasse blieb sie stehen und wedelte mit dem Brief.

Als sie merkte, dass ich nicht wusste, wie ich mich verhalten sollte, rief sie: „Na, was ist? Oder ist Ihnen der Brief Ihrer Freundin gleichgültig? Was man begehrt, muss man erkämpfen."

Ich versuchte, sie zu fangen, doch sie entglitt mir immer wieder. „Bleiben Sie stehen", rief ich.

Nach einigen Minuten fing ich sie an der Tafel ab und presste sie dagegen. Sie atmete rasch. In der Erregung flutschte mein Knie zwischen ihre Schenkel, was mich vollends verunsicherte, da sie mein steifes Glied gespürt haben musste.

„Passen Sie doch auf, das Tafelbild!" rief Aimée und riss sich lachend wieder los.

In diesem Augenblick erschien Helbi die Tür und starrte uns ungläubig an. „Spielen Sie Fangen?"

„Wo kommen Sie denn her? Wir hatten eine Verabredung, Jugendfreund Binder", rief Aimée und reichte mir den Brief.

„Das hab' ich völlig verschwitzt. Entschuldigung", sagte er und spielte den Zerknirschten.

„Verschwitzt?! Was bilden Sie sich ein?! Sie sind doch hier nicht zum Spaß", rief Aimée, drehte sich verärgert um und verließ die Klasse.

Sie liebt ihn, dachte ich wieder und war wütend.

*

Melanies Brief las ich auf der Bank unter dem Kastanienbaum vor der Schule, wobei meine Gedanken immer wieder zu der Balgerei mit Aimée abschweiften. Warum hatte sie mir den Brief nicht gleich gegeben, wie es normal gewesen wäre? Warum hatte sie herausgefordert, dass ich ihr nachjage und sie an die Tafel presse, obwohl sie doch in Helbi verliebt zu sein scheint?

In meiner Verwirrung las ich einige Sätze Melanies mehrmals. „Wenn ich aus dem Fenster schaue nur Felder", schrieb sie. „Die Bauern verschließen sich in ihren Höfen. Die einzige Geselligkeit findet im Dorfgasthaus statt, in dem Frauen Fremdkörper sind. Die nächtliche Stille macht mich wahnsinnig. Nur einmal im Monat eine Bibliothek auf Rädern und einmal in der Woche der Lebensmittelwagen.

Ich lese 'Johann Christoff' von Romain Rolland, der mir über die Trostlosigkeit der Abende hinweghilft.

Meine Mentorin ist eine verbauerte Alte, der alles egal ist.

Die jungen Männer klopfen nachts an mein Fenster und machen mir Angst.

Ich würde Dich gern am 1. Mai besuchen, da fährt meine Mentorin zu ihren Verwandten nach Berlin.

PS: Gibt es auf der Insel ein Hotel? Könntest Du mir ein Zimmer reservieren?"

Ich erschrak und schrieb sofort eine Antwort. Bei einigen Sätzen verschrieb ich mich und musste neu beginnen. Am liebsten hätte ich Melanie gebeten, mich nicht zu besuchen. Doch dann wäre sie mit Sicherheit misstrauisch geworden. Deshalb schrieb ich: „Besser wäre, wenn du am 8. kämst. Ich habe eine schlechte Stunde gehalten und muss mich am Wochenende vorbereiten. Heimatkunde. Unsere Mentorin legt viel Wert auf Anschauungsmaterial und Tafelbilder. Du weißt ja, wie schwer mir Zeichnen fällt. Ich hoffe, dass mir Helbi hilft.

Ein Zimmer reserviere ich für dich im *Roten Oktober*."

Was sagst du ihr, wenn du ein blaues Auge oder irgendwelche anderen Verunstaltungen haben solltest? fragte ich mich. Die Wahrheit, flüsterte meine innere Stimme. Wenn sie dich liebt, wird sie dich verstehen und dir verzeihen. Wenn nicht, dann ist es eben vorbei. Aber so leicht wie gedacht, war es natürlich nicht, da ich zu diesem Zeitpunkt noch viel zu verliebt in Melanie war.

Ein weiteres Problem bildeten die Preise der Hotelzimmer. Eine Nacht hätte Melanies und mein Stipendium für einen ganzen Monat aufgebraucht. Das Beste wäre, sie auf einer Matratze im Klassenzimmer unterzubringen. Doch das lehnt sie mit Sicherheit ab. Deshalb log ich erneut. Noch heute ist mir schleierhaft, warum ich mich damals darauf eingelassen habe. - Weil ich mich einsam fühlte? Melanie endlich in die Arme schließen oder Aimée imponieren wollte? Jedenfalls teilte ich Melanie mit, dass ich ein Hotelzimmer für sie bestellt hätte ohne den Preis zu erwähnen.

*

Helbi hielt trotz seiner ständigen Segeltörns großartige Stunden, die im Vergleich zu meinen um so großartiger wirkten.

Melanies Besuch steigerte meine Nervosität und Unkonzentriertheit. Außerdem erschien mir Soblottny im Traum und zermalmte mich mit seinen steinharten Fäusten.

Morgens wachte ich zerknirscht und unausgeschlafen auf.

Das übertrug sich natürlich auch auf die Stunden. Oft verlor ich den Faden und musste in der Vorbereitung umständlich nachsehen, wodurch Unruhe entstand.

„Ich verstehe nicht, dass Sie vor den Schülern so unbeholfen wirken. Als ob Sie Hemmungen hätten", rügte mich Aimée. „Wahrscheinlich denken Sie zu viel an ihren Boxkampf. Oder Ihre Freundin. Wenn Sie so weiter machen, sehe ich schwarz."

„In der Hospitationsschule hielt er viel bessere Stunden", verteidigte mich Helbi.

„Das mag ja sein. Ich kann nur beurteilen, was ich sehe."

In Helbis Gegenwart behandelte sie mich stets von oben herab. Allmählich begann ich sie zu hassen.

*

Bei einem Besuch mit den Schülern in der Fischfabrik führte uns Rosenwinkel zu den Booten der Fischereigenossenschaft. Dort erklärte uns ein junger Fischer die Funktionsweise der Reusen und knüpfte verschiedene Seemannsknoten (*Rundtörn* mit zwei halben Schlägen, *Slipstek*, *Schotstek*). Anschließend beschrieb uns Rosenwinkel die Taktstraße, an der die Arbeiterinnen die Fische für die Verpackung in Büchsen vorbereiteten.

„Ein wesentlicher Unterschied zwischen kapitalistischem und sozialistischem Fischfang ist, dass wir die Gewässer nicht aus Profitgier leer fischen. Der sozialistische Fischer ist der Partner des Fisches, den er fängt", erklärte er.

Diese Aussage hatte ich als sozialistisches Erziehungs- und Bildungsziel für meine nächste Stunde übernommen, in der ich den Unterrichtsbesuch auszuwerten hatte.

„Soll das ein Witz sein?" fragte mich Aimée bei der anschließenden Auswertung. „Da lacht sich Ihr Direktor ja tot."

Helbi konnte es sich nicht verkneifen, ebenfalls zu grinsen.

„Lachen Sie sich auch tot, Jugendfreund Binder?"

„Nein, ich lache mich nicht tot, Frau Badinsky."

„Aber Sie grinsen sich in den Bart", sagte Aimée mit einer Entschiedenheit und Strenge, die ich zuvor noch nie bei ihr gehört hatte.

„Der Genosse Rosenwinkel hat diese Formulierung doch auch gebraucht. Ich meine, er als Parteisekretär...", wehrte sich Helbi.

„Und das müssen wir nachplappern, ja? Weil der Genosse Rosenwinkel diese unglückliche Formulierung gewählt hat, brauchen wir uns keine Gedanken zu machen? - Meinen Sie das, Jugendfreund Binder?"

„Nein."

„Was meinen Sie dann?"

„Ich weiß nicht."

„Schön, Sie sind wenigstens ehrlich. - Das nächste Mal fragen Sie mich vorher", wandte sich Aimée wieder an mich, „bevor Sie so einen Unsinn verzapfen."

*

„Die war ja verdammt komisch heute", meinte Helbi, als wir unsere Vorbereitungen und Bücher aufs Zimmer trugen.

„Weil sie verknallt in dich ist, und du mit Heike rum machst."

Helbi lachte. „Ach ja?"

„Das ist wie immer mit dir und den Weibern."

„Bist *du* etwa verknallt in sie?"

„Ich? Ausgerechnet!"

„Sie hat was, sage ich dir. Sie hat was."

„Dann mach doch was. Vielleicht haben wir dann Ruhe."

„Ich bin doch nicht blöd und mach' mir Gottfried zum Feind."

*

Gelegentlich werteten wir die Stunden auch in Aimées Wohnzimmer aus; tranken grusinischen Tee und aßen Butterplätzchen von Habel, die sie in einer Kristallschale servierte.

Einmal streute Gottfried Dünger auf die Beete, ein andermal baute er eine Umzäunung für den Komposthaufen. Dabei trug er nur ein Unterhemd, militärische Tarnhosen und Knobelbecher. Im Unterhemd schwabbelte sein Bauch bei jedem Spatenstich. In der Uniform fiel er kaum auf. Wenn er das Zimmer durchquerte, um sich ein Bier aus der Küche zu holen, roch er nach Erde oder säuerlich nach Kompost.

„Wenn ihr Lehrer seid", sagte er, „empfehle ich euch, einen Garten anzulegen, Jugendfreunde. Ein Garten fordert den ganzen Mann. Es ist befriedigend, wenn alles blüht und gedeiht."

Ich erinnere mich an das Klavier am Fenster zum Garten und das daneben aufragende weiße Regal, das Bücher von Willi Bredel, Anna Seghers, Bodo Uhse, F. C. Weißkopf, Arnold Zweig und den bekannten Franzosen und Russen enthielt. Die Franzosen im Original, da Aimée durch ihr frankophiles Elternhaus französisch sprach.

Im Regal unter dem Fenster stapelten sich Schallplatten von Schubert, Schumann, Brahms und Lieder von Brecht/Weill.

Auf der gegenüberliegenden Seite befanden sich eine dunkelgrüne Couchgarnitur, ein Couchtisch aus Nussbaum und eine Anrichte mit Geschirr aus Meißner Porzellan.

Im hinteren Bereich zum Garten führten zwei Stufen zum Essplatz, auf dem ein zwei Meter langer Tisch mit jeweils drei Stühlen an einer Seite und zwei Stühlen mit Armlehnen an den Stirnseiten standen. An den Wänden hingen Kopien von Stillleben alter Meister.

Den Tisch bedeckte ein weißes Tischtuch, auf dem eine Silberschale, ein silberner Kerzenleuchter und oft auch eine Vase mit Blumen standen.

An der linken Seite führte eine Treppe zum Schlafzimmer und Gottfrieds Arbeitszimmer, das ich erst mehrere Tage später bei einem Gespräch mit ihm gesehen habe. Ich erinnere mich an einen Schreibtisch aus Kirschbaum, der den Raum beherrschte. Darauf befand sich ein Foto mit Gottfried als Zwanzigjährigem und dem General, der ihm den Arm um die Schulter gelegt hatte. Das hüfthohe Bücherregal enthielt die Klassiker des Marxismus-Leninismus und militärtheoretische Schriften nach Autoren sortiert. Mitten im Raum lag ein Perserteppich. Dem Eingang gegenüber stand eine Liege; daneben ein Glastischchen, auf dem sich die aktuelle Partei-Lektüre stapelte.

*

Mit Aimées und Helbis Hilfe hielt ich allmählich bessere Stunden. Zufrieden war Aimée jedoch immer noch nicht. Mal monierte sie meine Haltung, das Tempo oder die umständlichen Erklärungen.

„Sie müssen bedenken, dass Sie Kinder in einem Alter von sechs bis zehn Jahren vor sich haben. - Nehmen Sie sich ein Beispiel an Jugendfreund Binder. Er hat die Kinder stets im Griff."

„Auch nicht immer", wandte Helbi ein.

„Wollen Sie mir widersprechen, Jugendfreund Binder?"

„Nein."

„Dann nehmen Sie sich das zu Herzen, Jugendfreund Kopmann."

„Jawohl."

„Jawohl ist unter uns nicht angebracht. Wir sind hier nicht beim Militär."

*

Am nächsten Tag bereiteten Aimée und ich in ihrer Villa eine Wandzeitung für den 1. Mai vor. Sie hatte sich ein rotes Tuch um die Stirn gebunden und am Hinterkopf verknotet. Dazu trug sie einen hellblauen, kurzärmeligen Pulli und einen weiten Rock von gleicher Farbe, den ein breiter roter Lackgürtel an der Hüfte umschloss.

Helbi hatte erneut den Termin verschwitzt und segelte mit Heike.

„Das ist ja unglaublich", schimpfte Aimée. „Diesmal bekommt er einen Eintrag."

Hatte sie sich für Helbi so hübsch gemacht?

„Wissen Sie, wo er sich aufhält?"

„Nein."

Um bei der Gestaltung der Wandzeitung nebeneinander zu sitzen, nahmen wir auf der grünen Couch platz, die in der Mitte einsackte und unsere Körper aneinander schob. Ich spürte Aimées linken Schenkel und den Oberarm. Mich wunderte, dass sie nicht wegzurücken versuchte. Aber auch ich tat es nicht. Vielleicht glaubt sie, dass es dir unangenehm ist, redete ich mir ein und war unfähig, einen klaren Gedanken zu fassen.

„Hören Sie mir überhaupt zu?" fragte Aimée.

„Natürlich", entgegnete ich irritiert.

„Wiederholen Sie."

„Dass wir *Proletarier aller Länder, vereinigt euch als Überschrift in der Mitte platzieren.*"

„Glück gehabt." Sie lächelte mir zu, was mich überraschte. Bei den Vorbereitungen hatte ich sie nur ernst und konzentriert erlebt.

„Links und rechts ordnen wir die Porträts von Marx und Engels an. Auf der rechten Seite weisen wir auf den Streik in Chicago hin, bei dem die Arbeiter den Zwölf-Stunden-Tag abschaffen wollten. Sie schufteten für 3 Dollar am Tag. Das reichte gerade mal für ein mageres Abendessen im Restaurant. Links die Errungenschaften des Sozialismus. Acht-Stunden-Tag, der Arbeiter als Herr über die Produktionsmittel, keine Ausbeutung. Große Schrift, deutlich gegenübergestellt."

Ich spürte die Wärme ihres Schenkels durch meine Hose, und mein Herz schlug bis zum Hals.

Als wir den Aufbau der Wandzeitung besprochen hatten, stand Aimée auf und spielte die *Träumerei* von Schumann, die ich noch nie gehört hatte. Ich starrte auf ihre schlanken wohlgeformten Hände mit den langen zierlichen Fingern.

„Gottfried mag Schumann nicht", sagte sie. „Er ist ihm zu verspielt, zu romantisch. Und Sie? Wie finden Sie Schumann?"

Ich wusste nicht, was ich darauf antworten sollte.

„Wie so oft keine Meinung? Löst die Musik denn gar keine Gefühle bei Ihnen aus?"

„Ja, schön", sagte ich hilflos.

„Schön? - Hören Sie denn im Institut keine klassische Musik mehr?"

„Doch. Aber nur im Musikunterricht. Und selten."

Aimée sah auf die Uhr. „Mein Gott, er kommt ja gleich", rief sie und klappte den Klavierdeckel zu. „Sie bleiben doch zum Abendbrot?"

Gottfried erschien wie auf Stichwort. Seine Augen schimmerten glasig; sein leicht verzogener Mund wirkte hochmütig. „Welch traute Stimmung", rief er aufgekratzt. „Hat sie dir das romantische Geklimper vorgespielt? Eine Spezialität von ihr." Er lachte kurz auf. „Und wie schön sie sich für dich gemacht hat. Ei, ei, ei. Im Vertrauen: sie mag junge Männer."

„Was soll denn das, Gottfried?"

„Pass auf, Jugendfreund. Irgendwann umarmt sie dich wie eine Krake und frisst dich mit Haut und Haaren. Krrrrch!"

Ich dachte an die gegrätschten Beine und wurde rot.

„Du bist betrunken", rief Aimée. „Er glaubt es noch!"

„Die junge Garde des Proletariats", rief Gottfried und goss sich einen Kognak ein. „Möchte die junge Garde des Proletariats auch einen geistigen Anreger?"

„Nein, danke", sagte ich rasch. „Ich muss jetzt sowieso gehen, weil ich morgen eine Stunde halten muss."

„Oho!" rief Gottfried. „Wenn die Pflicht ruft... Wir brauchen eine pflichtbewusste Jugend", grinste er und prostete mir zu. „Viel Spaß, Jugendfreund. Und denk an meine Worte."

*

Sie liebt junge Männer! Ich begriff nicht, warum Gottfried das gesagt hatte. Wollte er eine Warnung aussprechen? Traf, was Helbi über Aimée gesagt hatte, doch zu?

Damals schien sich das Verhängnis bereits vorzubereiten.

In meiner Verzweiflung drosch ich so lange auf den Punchingball, bis ich erschöpft auf eine der Matten fiel und silberne Pünktchen vor den Augen tanzten. Ich musste mich auf den Kampf konzentrieren und dachte an blutüberströmte Boxergesichter, die ich in der Zeitung gesehen hatte - von Verlierern, die niemand für ihren Mut bewunderte. Ich fühlte mich verloren und von der Angst einer Niederlage beherrscht. Ich hätte absagen sollen! Doch bei meiner Zusage wusste ich noch nicht, dass ich gegen Soblottny kämpfen würde. Calbeit hatte uns nur von einem Freundschaftskampf gesprochen, ohne die Gegner im Einzelnen zu nennen. Als ich erfuhr, gegen wen ich boxen sollte, hätte eine Weigerung wie Feigheit ausgesehen.

*

Am 1. Mai litt ich an Durchfall und ging mit einem schwammigen Gefühl im Magen zur Fähre. Helbi hatte ebenfalls Durchfall und bat mich, ihn für die Demonstration zu entschuldigen. Offenbar war der Kartoffelsalat im Fischkombinat mit irgendwelchen Bakterien infiziert gewesen. - Hoffentlich musst du im Ring nicht zur Toilette, dachte ich.

Auf der Fähre entdeckte ich Gottfried und Aimée inmitten der Schulklasse zwischen Fischern, Jugendlichen und einer Blaskapelle. Gottfried hatte seinen Arm um Aimées Taille gelegt, und sie lächelte versonnen.

Als ich die Fähre betrat, küsste Gottfried sie auf die Schläfe. „Na, Sportsfreund? Auf in den Kampf?" rief er über die Köpfe der anderen hinweg gut gelaunt. Seine Gesichtshaut schimmerte rosig und frisch.

Beim Näherkommen entdeckte ich einen dritten goldenen Stern auf seinen silbernen Achselstücken und gratulierte.

„Das ist kein Verdienst, Jugendfreund. Das geht automatisch, wenn du deine Pflicht erfüllst."

Aimée trug ihr Haar aufgesteckt, leuchtend rote Ohrclips und einen Lippenstift in gleichem Rot. In ihrem eng anliegenden grünen Kleid erschien mir ihr Busen größer als sonst. Hatte sie ihn ausgestopft wie meine Tante nach dem Krieg, wenn sie in die Amiclubs tanzen ging?

„Ich wünsche Ihnen viel Glück", sagte Aimée. „Wo ist denn Jugendfreund Binder?"

„Krank", sagte ich. „Vom Kartoffelsalat im Fischkombinat."

„Und Sie?"

„Auch. Ich hab' die letzten Kohletabletten aus dem Erste-Hilfe-Schrank genommen."

„Jugendfreund Binder!", sagte Aimée. Sie schien mir nicht zu glauben.

„Du gewinnst, das hab' ich im Gefühl", rief Gottfried und beugte sich zu mir vor. „Morgen feiern wir meine Beförderung im Garten. Du kommst doch?" Er sah zum Himmel auf. „Natürlich nur, wenn das Wetter mitspielt."

„Je nachdem…" sagte ich und wies auf mein Gesicht. Gottfried grinste. „Wenn du kein Selbstvertrauen hast, wird's natürlich nichts." Er streckte seine Hände hoch und drückte mir die Daumen.

*

Mein Kampf fand in Nussberg statt. Ich fuhr 25 Kilometer in schaukelnden Waggons über marode Schienen und kam eine halbe Stunde früher als meine Staffel dort an.

Während der Fahrt keimte erneut die Angst in mir auf. Ich lief zweimal zur Toilette und übergab mich. Beim zweiten Mal erbrach ich nur noch grüne Galle.

„Soblottny ist eine der größten Hoffnungen im Boxsport", hatte Calbeit gesagt. „Aber davon darfst du dich nicht beeindrucken lassen. Im Gegenteil, du musst dankbar sein, gegen so einen Mann boxen und

Erfahrungen sammeln zu dürfen. Wenn du ihn besiegen solltest, bist du über Nacht berühmt. Wichtig ist, ihn nicht zu nahe rankommen zu lassen und mit der Führhand zu arbeiten."

In der Nähe des Marktplatzes stieß ich vereinzelt auf Maidemonstranten, die Fahnen, Transparente oder Musikinstrumente schleppten. Einige torkelten und grölten. Andere liefen mit gesenktem Kopf wie ein Trupp geschlagener Krieger an den geschlossenen Geschäften vorbei. Auf den Bürgersteigen lagen Papierfahnen, roten Nelken und Flaschen aller Art.

An einer Litfaßsäule fiel mir ein Plakat zur Boxveranstaltung auf. Ich las meinen Namen zum ersten Mal gedruckt auf einem Plakat und war von Stolz erfüllt: *Bantamgewicht Heinz Soblottny – Stefan Kopmann.*

Im Schaukasten des Bürgerhauses sprang mir ein Foto von Soblottny in die Augen - mit bandagierten bis zur Brusthöhe erhoben Fäusten; von Adern durchzogenen Bizeps und einem siegesgewissen Blick. Er schlägt dich tot, sagte meine innere Stimme, als ich die angeführten Siege und Titel unter dem Foto las. Danach wäre ich am liebsten wieder nach Heiligenpfort geflüchtet.

Melanie hatte Recht. Es war viehisch, sich freiwillig ins Gesicht zu dreschen und das auch noch als Sport zu bezeichnen. Es war idiotisch, freiwillig seine Gesundheit zu opfern. Es war unmenschlich und blödsinnig, als Sieger in ein affenartiges Triumphgeheul auszubrechen, wenn der Besiegte auf dem Boden lag. - Sollte ich mich tatsächlich dieser Schmach aussetzen? Ich sah bereits, wie Soblottny die

Arme hochriss und von seinen Fans bejubelt durch den Ring taumelte.

„Na, Junge?", sagte Calbeit und legte mir seine schwere Hand auf die Schulter. „Alle kochen nur mit Wasser. Auch der. Wenn du meine Anweisungen befolgst, hast du durch deine längere Reichweite durchaus eine Chance. Du musst ihn mit deiner Führhand zermürben und zur richtigen Zeit den rechten Haken bringen. Nur nicht bange sein. Bange sein gilt nicht."

Die Jungs der Staffel umarmten mich oder schlugen mir auf die Schulter. Einige schienen von der Busfahrt müde zu sein und wollten sich auf den Massagebänken in der Umkleidekabine ausruhen. Doch der Sportwart ließ auf sich warten. Also setzten wir uns auf die Stühle im Foyer.

Calbeit stand noch immer neben dem Schaukasten und hielt eine Rede. „Die Veranstaltung heute ist eine Herausforderung für uns alle, Jungs. Ihr wisst, dass wir diese Kämpfe gegen die Zweite Liga nur durch meine Beziehungen bekommen haben. Blamiert mich also nicht. Ich erwarte höchsten Einsatz. Wenn wir hier nur ein Unentschieden herausholen, wäre das ein hervorragendes Ergebnis. Ihr seid alle gute Boxer. Es braucht sich keiner zu verstecken. Und wenn einer von euch verliert, dann sollte er in Ehren verlieren. Ich will Kämpfe sehen. Männer, die sich bis zur letzten Sekunde nicht geschlagen geben, Männer, die, auch wenn sie geschlagen werden, sich mit stolz erhobenem Haupt aus dem Ring verabschieden, weil sie alles gegeben haben."

Inzwischen war der Trainer der gastgebenden Mannschaft aufgetaucht und schloss die Umkleidekabinen auf. Er war ein kleines dünnes Männchen mit spärlichem grauen Haar, das vor Jahren bei Olympia eine Bronzemedaille im Fliegengewicht gewonnen hatte und als guter Trainer galt. „Die Halle ist ausverkauft", rief er uns mit tiefer Stimme zu und entschuldigte den Sportwart, der unter einer Darmgrippe litt.

Mein Blick fiel auf den beleuchteten Ring. Hier also wirst du deine erste Lektion erhalten, dachte ich. Und: 'Hoffentlich musst du im Ring nicht zur Toilette.'

Endlich trudelten auch die Boxer der gegnerischen Staffel ein. Der Gegner von Hubertus war ein bulliger Puncher mit einem Brustkorb wie ein Blasebalg. Er streckte Hubertus seine Pranke entgegen. „Mischa Gregan. Ich hab' schon viel von dir gehört. Ich freu mich auf den Kampf."

„Ich auch", sagte Hubertus.

Gregan hatte von 15 Kämpfen 9 durch KO und vier nach Punkten gewonnen. Nur zwei verloren. Einen gegen einen Olympiasieger und einen gegen einen DDR-Meister. Er war Eisengießer, zwei Jahre jünger als Hubertus, sah aber wesentlich älter aus.

Das ist ein Dampfhammer, dachte ich. Wenn er Hubertus voll erwischt, zermatscht er ihm die Nase. Doch das konnte mir bei Soblottny genauso passieren. Ich sollte im dritten Kampf nach Spitzki und Blass in den Ring. Beim Wiegen fühlte ich mich ausgelaugt und schlapp, da ich kein Frühstück und kein Mittag gegessen hatte. Doch die Kohletabletten schienen geholfen zu haben.

Auf der Waage erfüllte ich grammgenau das Gewicht. Soblottny war noch immer nicht erschienen. Er will mich auf die Folter spannen, dachte ich. Er will dir klar machen, dass du nur ein kleiner Fisch für ihn bist, den er mit links erledigt.

Beim Warmmachen tippte mir Calbeit erneut auf die Schulter. „Du hast Glück, mein Sohn", sagte er, „Soblottny hat auch eine Magen-Darm-Grippe. Du kämpfst gegen Koschnitz, den Ersatzmann. Drei Kämpfe. Alle verloren. Fallobst." Er lachte. „In dieser Gegend scheinen im Augenblick viele krank zu sein."

Koschnitz war ein kleiner knubbeliger Typ mit einem Mondgesicht, blondem Haar und einem Igelschnitt. Sein Fischmündchen wirkte rührend und unschuldig.

„Mach trotzdem nicht den Fehler, ihn zu unterschätzen", sagte Hubertus. „Solche Typen erwischen dich manchmal ganz gemein. Mich hat mal einer mit einem Leberhaken ausgeknockt, nachdem ich ihn in der zweiten Runde auf den Brettern hatte."

In der Halle fanden schon die ersten Kämpfe statt. Wir hörten Buhrufe, Pfiffe, Klatschen. „Schlag ihn tot", rief einer, und ein Sprechchor skandierte „Hau ihn um, hau ihn um." Spitzki hatte bereits nach Punkten gewonnen, Blass schien zu verlieren. Doch er war ohnehin der schwächste Mann in unserer Staffel.

Hubertus band mir die Handschuhe. „Viel Glück, Kumpel. Und denk an meine Worte."

Blass kam mit zugeschwollenen Augen in die Umkleidekabine und schimpfte auf den fetten Ringrichter, der einen Tiefschlag nicht gesehen hatte. Blut rann ihm aus der Augenbraue über die Wange.

Mein Blick fiel wieder auf den lichtüberfluteten Ring und den Ringrichter mit der Boxernase und dem Doppelkinn. Ich stieg mechanisch die Stufen zu Calbeit hoch und hob trotz der Buhrufe die Fäuste.

Kurz vor dem Kampf gab mir Calbeit noch ein paar Hinweise, die ich jedoch nicht mehr aufnahm. Ich hörte den Beifall für Koschnitz, der im Ring tänzelte und Links-Rechts-Kombinationen in die Luft schlug.

Der Ringrichter forderte uns zu einem fairen Kampf auf.

„Ich mach' Kakao aus dir", flüsterte mir Koschnitz zu, als wir wieder auseinander gingen und auf den Gong warteten.

In der ersten Runde arbeitete ich fast nur mit der Führhand, nutzte meine Reichweite und hielt Koschnitz auf Distanz; tänzelte links und rechts um ihn herum und feuerte meine Linke durch die Lücke seiner Deckung.

„Gut so, weiter so", rief Calbeit. „Ein Punktsieg ist dir sicher, wenn du so weiter machst. Bring auch mal den rechten Haken, wenn du seine Deckung aufgerissen hast."

In der zweiten Runde blutete Koschnitz aus der Nase. Sein rechtes Auge schwoll an. Einmal stürzte er sich wie ein wildgewordener Eber direkt in mich hinein und versuchte, mir einen Leberhaken zu verpassen. Doch ich konnte mich noch rechtzeitig wegdrehen und ihm einen erneuten Punch auf das blutende Auge dreschen.

„Er rennt ja wie ein Selbstmörder in deine Führhand hinein", sagte Calbeit in der Pause.

Im Saal schwelte dumpfes Raunen. Durch das grelle Licht über dem Ring nahm ich die Gesichter der Zuschauer nur in Umrissen wahr.

Der Trainer redete auf Koschnitz ein und behandelte ihn mit Blutstiller und Vaseline. Er warf mir hin und wieder einen Blick zu und schien seinen Schützling taktisch neu einzustellen.

Den Gong hörte ich von fern. Ich fühlte mich plötzlich matt und ausgelaugt. – Hatte ich mich in der ersten Runde zu sehr verausgabt? Melanies Gesicht erschien vor meinem inneren Auge. Genauso wie ich es mir gedacht habe, hörte ich sie sagen. Du hast mich belogen. Und jetzt drischst du auf einen Menschen ein, der dir nichts getan hat.

„Beinarbeit", schrie Calbeit.

Ich federte auf die Zehenspitzen. Mein Körper funktionierte wie ein Automat. Mehrere Gerade trafen Koschnitz an der Nase und am linken Auge, das erneut zu bluten begann. Wie jämmerlich der Junge aussah! Sein Fischmündchen schnappte nach Luft. Mach nur weiter so, rief Melanie. Siehst du denn nicht, wie er blutet? Hast du denn gar kein Herz? Und Aimée flüsterte: Nein, wie viehisch, wie viehisch. Danach blieb meine Linke hängen. Das Auge von Koschnitz verwandelte sich in eine Ampel und leuchtete rot!

„Was ist denn los?!", schrie Calbeit. „Angreifen! Links, rechts. Vorwärts! Führhand!"

Koschnitz lugte irritiert über seine hochgezogene Deckung.

Die Halle pfiff und tobte. „Haut endlich zu, ihr Saftsäcke." Einer schrie: „Heini, mach endlich Blutwurst aus ihm."

Koschnitz duckte sich, drehte nach links ab und versetzte mir einen Leberhaken, der einen anhaltenden dumpfen Schmerz auslöste, bis in die Niere schoss und ein Ausweichen unmöglich machte. Die Linke und dann die Rechte als Schwinger. Oder einen Aufwärtshaken, wenn er in den Nahkampf will. Die Erstarrung abschütteln. Eins, zwei. Doch die Beine verweigerten den Dienst; die Linke kam nicht mehr heraus. Koschnitz rannte mit dem Kopf gegen mich. Ich wich aus, so dass er in die Seile fiel.

„Führhand!" rief Calbeit. „Was sagt man dazu!"

„Heini, Heini", skandierten Koschnitz' Fans.

Das Fischmündchen schnappte nach Luft. Das rote Auge flimmerte. Der Ringrichter schnaufte. Jetzt ein rechter Haken. Er steht genau richtig. Auf sein dämliches Kinn! Fischmündchen... rotes Auge... Ampel auf Stopp. Meine Rechte klebte fest wie eine Fliege am klebrigen Fliegenfänger, und die Linke hing kümmerlich herunter wie ein lahmer Entenflügel!

„Deckung! Lass die Pfoten oben, Mensch", rief Calbeit.

Ein Schlag traf mein Auge, der nächste meine Nase, der dritte erneut meine Leber. Der Schmerz bohrte sich wie ein Messer in die Beine. Silberne Pünktchen tanzten einen fröhlichen Reigen, bevor der nächste Schlag mein Kinn traf und mich endgültig in ein schwarzes Nirwana schickte.

Als ich die Augen öffnet, fuchtelte der Ringarzt mit seinen Fingern vor ihnen herum. „Alles gut", sagte er. Ich weiß nicht mehr, wie ich aus dem Ring gekommen bin. Der Einzige, der mich zu trösten versuchte, war Hubertus. Alle anderen und selbst Blass zeigten mir die kalte Schulter. Calbeit hatte nur noch einen verachtenden Blick für mich übrig, als er mir das Handtuch zugeworfen hatte.

Im Spiegel des Umkleideraums starrte mir mein erhitztes Gesicht mit einem rotgeschwollenen Auge entgegen. Das hast du nun davon, du Lügner, hörte ich Melanie sagen.

„Du musst dein Auge kühlen", sagte Hubertus. „Dann schwillt es nicht so an und wird auch nicht so blau. Mach erst mal auf ein Handtuch kaltes Wasser und leg es dir mindestens eine halbe Stunde drauf."

Doch ich wollte nur noch weg und lief so schnell ich konnte zum Bahnhof.

*

Wieder in Heiligenpfort, erzählte ich Helbi von meiner Niederlage und rechnete ihm hoch an, dass er sich nicht lustig über mich machte.

„Was denkst du, wie lange es dauert, bis es wieder abgeschwollen ist?"

„Drei Wochen vielleicht? Bei mir hat's mal nach einem Fahrradunfall so lange gedauert."

„Mist. Am 8. kommt Melanie."

Jetzt lachte er doch, da er von meiner Lüge wusste.

„Lass dir was einfallen."

„Sie wird mir kein Wort glauben."

„Dann schreib ihr, dass du keine Zeit hast oder krank bist."

Doch das wollte ich auch nicht. Das Beste wird sein, abzuwarten und einen Arzt aufzusuchen. Bestimmt gibt es irgendetwas, das dein Auge schneller abschwellen lässt. Oder du sagst Melanie die Wahrheit. Wenn sie dein Problem nicht versteht, hat es ohnehin keinen Sinn, zusammen zu bleiben. Wenn du ihr sagst, dass du gelogen hast, weil du sie liebst und aus dem Boxkampf klug geworden bist, wird sich alles weitere ergeben.

*

Am nächsten Morgen setzte ich die Wasserkühlung des Auges fort, die ich bereits am Abend begonnen hatte.

Ich hatte das Fenster geöffnet und sog den Blumenduft ein.

Ich verstand meine Ladehemmung nicht. Gegen Soblottny zu verlieren, wäre keine Schande gewesen; doch gegen Koschnitz?

Eine halbe Stunde später presste ich mir das in einen Waschlappen gewickelte Eis vom *Roten Oktober* aufs Auge, das mir Helbi besorgt hatte.

Als wir im Garten von Aimée und Gottfried auftauchten, dämmerte es. Die Tanzfläche beleuchteten verschiedenfarbige Lampions, unter denen die Pärchen zu Akkordeonmusik tanzten. Auch aus dem breiten unteren Wohnzimmerfenster fiel Licht auf die Paare, die an Holztischen standen und von Papptellern Bockwurst und Kartoffelsalat aßen.

Ich hatte mir eine schwarze Augenbinde umgebunden, die ich im Erste-Hilfe-Schrank der Schule gefunden hatte.

Ich drückte mich in den weniger beleuchteten Ecken des Gartens herum. Von einem der Büsche aus beobachtete ich Gottfried, der mit dem General sprach. Der General lachte schallend und hielt sich an Gottfrieds Schulter fest.

Rosenwinkel und Frau saßen mit dem Kreissekretär der Partei und Frau auf der Veranda an einem Holztisch.

Rosenwinkel winkte den Ankommenden zu und begrüßte sie mit Handschlag, als ob er der Gastgeber wäre. Der Kreissekretär nickte nur hin und wieder oder hob lässig die Hand.

Gottfried hatte auch Mitarbeiter aus seinem Büro eingeladen. Die Frauen der Offiziere trugen Pferdeschwanz oder Dutt und verschiedenfarbige Brokatkleider. Die Männer ihre Offiziersuniformen.

Helbi hatte sich beim Betreten des Gartens von mir entfernt und flirtete mit Gottfrieds Sekretärin, einem Blondi mit Pferdeschwanz.

Mehrere Offiziere tanzten mit ihren Frauen auf dem freien Platz zwischen Veranda und Garten. Helbi tanzte mit Blondi.

Die erste Flasche Bier bescherte mir eine angenehme Leichtigkeit, da ich wochenlang keinen Alkohol getrunken hatte.

„Prost, Prost, Kamerad", sagen Gottfried und der General. Einige Offiziere grölten mit, und der schon angetrunkene Rosenwinkel wedelte mit dem Armstumpf wie ein Pinguin mit seinen kurzen Flügeln.

Helbi und Blondi hatten sich in der Tanzpause hinter einen der Büsche verzogen. Blondi lachte mehrmals kurz und hell.

„Es ist also doch nicht so gut ausgegangen", hörte ich Aimée hinter mir sagen und drehte mich ruckartig um.

Sie trug ein weißes eng anliegendes Kleid und eine antike goldene Brosche mit einem dunkelroten Stein über der linken Brust. Ihre schlanke Biegsamkeit und ihr Blick erregten mich und schüchterten mich gleichzeitig ein. Obwohl die beiden Knochen an ihrem Hals leicht hervor standen, fand ich sie wunderschön. - Warum war mir ihre Schönheit nie vorher aufgefallen? Der hellrote Lippenstift passte gut zu ihrem hellen Teint. Ihr Kleid bedeckte nur das halbe Knie und brachte ihre schlanken Beine zur Geltung. Sie lächelte mir zu und sagte: „Wie männlich Sie aussehen. Wie ein Pirat, der die Frauen fremder Potentaten raubt und mit ihnen flieht." Sie setzte sich auf eine der Bänke und klopfte kurz mit der Hand darauf. „Setzen Sie sich und erzählen Sie."

Da mir keine andere Wahl blieb, schilderte ich ihr die Höhen und Tiefen des Kampfes und die Einsamkeit danach. „Wenn man verloren hat, begreift man es nicht gleich", sagte ich. „Erst später beginnt das Gefühl der Wertlosigkeit."

„Das ist doch Unsinn", rief Aimée. „Einmal verloren und gleich wertlos?! Was geht denn da in Ihrem Kopf vor?!"

Entfernt lachten Gottfried und der General im Stakkato. Offenbar hatten sie sich einen Witz erzählt.

„Darf ich?", fragte Aimée, hob die Augenklappe vorsichtig an und schob sie sanft auf die Stirn: „Sieht nicht gut aus. Das müssen wir untersuchen lassen." Sie schüttelte den Kopf. „Was ist denn das für ein Sport? Das hat doch nichts mit Männlichkeit zu tun. Oder glauben Sie, dass Sie durch Boxen mehr Erfolg bei den Frauen haben? Da irren Sie sich. Männerprotzerei gefällt uns gar nicht. Gleich morgen Nachmittag fahren wir zu meiner Freundin Silke, einer Ärztin. So kann ich Sie ja gar nicht vor die Klasse lassen."

Bei *Matrosen ohe* holten sich Blondi und Helbi ein Bier aus dem Kasten auf der Veranda. Beide giggerten und sahen sich tief in die Augen.

Aimée warf Helbi und Blondi einen kurzen Blick zu. „Also dann, bis morgen, Jugendfreund Kopmann. 14 Uhr. In der Schule brauchen Sie nicht zu erscheinen. Bereiten Sie stattdessen eine Stunde über den Otter vor, den wir in den nächsten Tagen durchnehmen werden."

Unter einem der Lampions leuchtete ihre weiße Haut auf und verlosch im Dunkel wie ein Streichholz.

Rosenwinkel torkelte über den Rasen und holte sich ein neues Bier.

„Wen sehen wir denn da? Jugendfreund Kopmann!", rief Gottfried, der mit dem General um einen der Büsche bog. Er schien mir kräftiger als sonst in seinem T-Shirt. Seine Wangen glühten, und sein Bäuchlein wabbelte bei jedem Schritt.

„Schwarze Augenbinde! Das lässt nichts Gutes ahnen."

Ich machte eine hilflose Geste und schob verlegen die Unterlippe vor.

„Einer von Aimées Praktikanten", erklärte Gottfried dem General, der mich neugierig musterte.

„Sieg oder Niederlage?", fragte Gottfried.

„Niederlage."

Er beugte sich vor und klopfte mir ermunternd auf die Schulter. „Du musst dir sagen, dass das den Charakter stählt. Aufrichten und weiter machen. In meinem

Leben habe ich einige Kämpfe verloren. Und? Steh ich wie ein Verlierer da? Nein. Vor allem ist es wichtig, weiter an dich zu glauben und irgendwann zu gewinnen."

Mit ähnlichen Sprüchen hatte mich auch Hubertus zu trösten versucht.

Gottfried streckte den Daumen hoch. „Gegen einen stärkeren Gegner zu verlieren, ist keine Schande. Wichtig ist, dass du dich nicht feige verkrochen hast. Aus so einem Holz muss unsere junge Garde geschnitzt sein."

*

In der Nacht wälzte ich mich im Bett herum, stand mehrmals auf und starrte durch das Dachfenster in den Sternenhimmel. - Warum wollte Aimée zum Arzt mit mir gehen? Warum ließ sie mich das nicht alleine machen? Am liebsten hätte ich sie nur noch in der Schule gesehen. Ich erinnerte mich an die Szene in der Turnhalle, als sie meinen Bizeps geprüft hatte und an die Übergabe von Melanies Brief.

Glaubst du nicht, dass du dir da etwas einbildest? fragte meine innere Stimme. Sie ist einfach nur nett zu dir. Sie wäre ja dumm, wenn sie sich mit einem Bürschchen wie dir einlässt. Vielleicht will sie Gottfried auch nur ein bisschen eifersüchtig machen, das ist alles.

*

Bei unserem Gang zur Fähre entdeckten Aimée und ich Helbi und Heike im Segelboot. - Hatte Blondi Helbi eine Abfuhr erteilt? Oder war es für ihn kein Problem, zwei Mädchen gleichzeitig zu lieben?

Die Beiden winkten uns übermütig zu. Heike trug einen grüngemusterten Bikini. Ihr schwarzes Haar wehte im Wind. Auch Helbi trug nur eine Badehose, über der sich bereits ein Bäuchlein wölbte.

„Jugendfreund Binder scheint ein Schwerenöter zu sein", sagte Aimée.

„Er ist ja nicht verheiratet", sagte ich.

„Ja, da haben Sie natürlich Recht", sagte Aimée und lächelte.

Der Fährmann starrte auf meine Augenklappe und nickte lässig, als Aimée ihn begrüßte.

„Geht's in die Stadt?" fragte er.

„Zum Arzt", sagte Aimée.

„Hat was auf's Auge gekriegt, der Jugendfreund, was?" lachte der Fährmann und betätigte die Signal-Sirene.

Aimée hatte das Haar mit lässiger Eleganz hoch gesteckt und trug ihr weißes Baumwollkleid vom Vortag. Außerdem hatte sie sich wieder ein rotes Tüchlein um den Hals gebunden, das sie jünger erscheinen ließ. Überhaupt schien sie die Farbe Rot zu lieben.

Wir setzten uns in die Nähe des Ruderhauses zu den Einheimischen, die uns aus den Augenwinkeln musterten. Zwei alte Weiber tuschelten.

Aimée starrte auf den See.

Als wir das andere Ufer erreichten, ging sie vor.

„Bestell' Gottfried einen schönen Gruß", rief der Fährmann ihr nach und grinste. „Amüsiert euch gut!"

„Machen wir, keine Bange", rief Aimée.

Wie immer beobachteten die Rentner aus ihren Fenstern den Marktplatz, der noch von Winkelementen, Papier und verschmierten Bockwurstpapptellern vermüllt war. Ein LPG-Laster lud Kartoffeln vor einem Geschäft ab und an der Kirche gurrten verdreckte Tauben und pickten die Reste der Brotkrumen auf. Ein Trupp Müllarbeiter näherte sich vom Fluss und begann den Abfall in der Mitte des Marktes auf einen Haufen zu fegen, wobei einige Tauben rauschend aufflatterten und sich auf einem Sims der Kirche niederließen.

Aimée blieb vor einem Buchladen stehen. Sie wies auf ein Buch und sagte: „Das habe ich vor kurzem gelesen. Eine traurig-schöne Liebesgeschichte. - Mögen Sie Liebesgeschichten, Jugendfreund Kopmann?"

„Ja, warum nicht?" sagte ich zögernd.

„Was meinen Sie mit 'warum nicht'? Sie lesen also keine? - Oh, ich vergaß, Sie sind ja ein Boxer. Ein richtiger Mann. Richtige Männer lesen keine Liebesgeschichten. Richtig?"

„Nein", sagte ich und unterdrückte meine Wut.

„Verstehen Sie denn gar keinen Spaß?" Aimée lachte, als ob sie sich über mich lustig machte.

Auf der gegenüberliegenden Straßenseite schlenderte eine Gruppe junger Männer in Trainingsanzügen vorbei, die ihr
begehrliche Blick zuwarfen. Einer pfiff bewundernd.

„Der ist doch noch viel zu jung für dich, Schätzchen. Sieh mich an", rief ein blonder Jüngling, dem ich am liebsten einen rechten Haken verpasst hätte.

Aimée warf ihm einen verächtlichen Blick zu und drehte sich weg.

„Hat ihm dein Mann eins aufs Auge geklatscht?", rief der Blonde lachend.

Der Weg zum Krankenhaus führte durch einige dunkle Seitengassen über eine Brücke, die ein Flüsschen überspannte. Von der Brücke erblickten wir die Fähre und das Fischkombinat, aus dessen Schornsteinen schwärzlicher Rauch stieg.

Das Krankenhaus war ein weißer Prunkbau mit Eierstab-Ornamenten und bunten Glasfenstern. Es befand sich in der Nähe des russischen Friedhofs mit den weißen Holzkreuzen.

„Warum begleiten Sie mich eigentlich?", fragte ich.

„Ich könnte doch auch allein zum Arzt gehen."

„Damit Sie nicht so lange warten müssen."

Tatsächlich saßen auch in den Gängen Patienten, da die Wartezimmer überfüllt waren.

Es roch säuerlich nach Schweiß, Jod und Dung.

„Am Montag ist es hier besonders voll", erklärte Aimée. „Da kommen die Bauern von den Dörfern. Na, gehen wir. Meine Freundin ist in der zweiten Etage."

In der Nähe der Röntgenstation hievten zwei schnaufende Pfleger einen Kranken auf einer Bahre über die Treppe in den ersten Stock zum OP, da der Fahrstuhl defekt war.

In der Orthopädieabteilung humpelten uns Patienten mit frisch vergipsten Beinen und Armen, Pfleger und Schwestern entgegen. Irgendwo dudelte Schlagermusik und klapperte Besteck.

Silke durchquerte mit forschem Schritt einen Seitengang und kam direkt auf uns zu. Ihr schmaler Mund zuckte. Unter ihrer hohen Stirn fielen ihre leicht ovalen dunkelbraunen Augen auf. Sie trug das Haar wie ein Mann kurz und überragte Aimée um einen halben Kopf. Am Arztkittel haftete ihr Namensschild: Dr. Silke Coester.

„Aimée, mein Liebchen, was führt dich denn zu uns?" rief sie schon von weitem. „Wo hast du denn die ganze Zeit gesteckt?"

Dabei streifte sie mich mit einem fragenden Blick.

„Das ist Stefan. Einer meiner Praktikanten. Sieh dir mal sein Auge an."

„Ist er wirklich ein Lehrerstudent und kein Seeräuber?" Silke lachte, beugte sich über mich und schob vorsichtig die Augenklappe hoch. „Nicht gerade schön, junger Mann. Hast du dich geprügelt?"

Ich war wütend, dass sie mich, ohne zu fragen, mit du ansprach.

Aus ihrem Kittel entwich ein Gemisch aus Desinfektionsmittel und exotischem Parfüm. „Wie ist es denn passiert?"

„Der Träumer ist nachts gegen einen der Pfeiler gerannt. Sie schlafen in der Schule unterm Dach. - Wenn er so vor die Klasse tritt, lachen sich die Kinder kaputt."

Für diese Lüge war ich Aimée dankbar.

„So schnell wird das nicht abschwellen. Vorsichtshalber sollten wir es röntgen. Doch der Apparat wird gerade gewartet. - Hast du Kopfschmerzen? Erbrochen?"

„Nein."

Sie legte mir die Hand auf die Stirn. „Fieber hat er keins. „Das ist gut. Dann ist es wahrscheinlich keine Gehirnerschütterung. - Ich könnte ihm eine Creme geben, doch die ist nicht so wirksam wie die, die ich zu Hause habe. Ich hab' erst in zwei Stunden wieder Dienst. Wir könnten zu mir, wenn ihr wollt."
Auf dem Weg unterhielten sich die Beiden französisch, wodurch ich mir wie ein dummer Junge vorkam.

*

In der Wohnung schenkte mir Silke ein Westpräparat von Bayer. „Mehrmals am Tag auftragen", befahl sie. „Geh schon mal ins Bad und fang damit an."
Das Beste wäre, auch Melanie die Lüge mit dem Pfeiler aufzubinden, dachte ich, wobei ich die Flakons mit den französischen Aufschriften betrachtete, die aus dem KADEWE* zu stammen schienen; auch die farbenfrohen Handtücher und der schwarz-weiß-gestreifte Duschvorhang. Noch nie hatte ich ein so großes Bad gesehen. In dem meiner Eltern konnten wir uns kaum drehen. Außerdem mussten wir den Badeofen Stunden vorher mit Kohle heizen. Silke hatte einen Gasofen und brauchte keine Kohlen zu schleppen. Der Spiegel zog sich über die ganze Wandbreite. An der Rückseite glänzten Messinghaken, an denen ein schwarzer Bademantel mit einem viereckigen weißen Muster und farbige Duschhauben hingen. An der Toilette entdeckte ich weiches Toilettenpapier mit Blümchenmuster. Unseres war grau und rau wie Schmirgelpapier.

Als ich ins Wohnzimmer zurückkam, wischte sich Aimée Tränen vom Gesicht. - Hatte ihr Silke etwas Schlimmes erzählt?

Aimée stand auf, ging ans Fenster und sah hinaus.

Silke bot uns West-Kaffee an, den wir an einem Tischchen am Fenster mit Seeblick tranken.

„Dieser Kaffee ist was anderes als unsere Plürre", sagte Aimée und warf mir einen prüfenden Blick zu.

„Hast du deine Jeans schon mal angehabt?", fragte Silke.

„Nur zu Hause. Oder nachts."

„Und was sagt Friedel dazu?"

„Dem hab' ich sie noch gar nicht gezeigt."

„Waas? Die stehn dir doch so gut!"

„Du weißt doch, wie er ist. Wir müssen Vorbild sein."

„Schlimm", sagte Silke und bot uns Kekse an. „Dass du das aushältst. Diese Versteckspielerei ist entwürdigend. Auf Dauer kann das nicht gut gehen."

„Was soll ich denn machen? Wo soll ich denn hin? Das weißt du doch selbst."

Jeans galten damals als kapitalistisch-dekadent. Im Institut durften wir sie auch nicht tragen. Fritz Hollau hatte es trotzdem gewagt und wurde relegiert.

Damals wunderte ich mich, dass Aimée und Silke so offen über Jeans und Gottfried vor mir sprachen. Heute weiß ich, dass Silke ein doppeltes Spiel gespielt hatte, für die *Firma* arbeitete und Gottfried hörig war. - Durfte sie deshalb die Jeans tragen? Oder weil sie als Ärztin dringend gebraucht wurde?

Nach dem Kaffee nahm Silke einen eng geschnittenen schwarzen Rock mit an der Seite raffinierten Schlitzen aus dem Kleiderschrank. „Schau mal, meine neuste Errungenschaft."

„Von drüben?", fragte Aimée und prüfte mit Daumen und Zeigefinger den Stoff.

„Was denkst du denn? So weit ist unsere sozialistische Mode ja leider noch nicht."

„Die sozialistische Frau ist züchtig und unerotisch", rief Aimée. „Sie denkt nur an Karl Marx und Lenin und schenkt uns junge Pioniere. Außerdem hält sie sich an die zehn Gebote der sozialistischen Moral und Ethik."

Beide lachten.

„Ein Hoch auf die züchtige sozialistische Frau!" rief Silke.

„Zieh ihn doch mal an", rief Aimée. „Der wird dir sicher sehr gut stehen."

Nach wenigen Minuten rief uns Silke ins Schlafzimmer und drehte sich auf Zehenspitzen vor dem Spiegel. Ihre Fesseln erschienen mir zu dick. In den Jeans sah sie rassiger und schlanker aus. Außerdem wirkte ihr Oberkörper im Verhältnis zu den Beinen zu kurz.

„Willst du ihn auch mal anziehen?"

„Klar! Gehn Sie mal raus, Jugendfreund Kopmann", sagte Aimée, als ob sie einem Hund einen Befehl geben würde.

Ich hörte sie kichern und tuscheln und hätte am liebsten gelauscht.

Nach wenigen Minuten kamen sie ins Wohnzimmer zurück.

„Was für schöne Beine du hast", rief Silke, als Aimée wie ein Mannequin auf und ab ging. „Findest du nicht auch?", fragte sie mich. „Wie süß. Er wird noch rot", rief Silke und legt eine Platte auf. „Rote Rosen, rote Lippen, roter Wein..." dudelte es schmalzig aus dem Lautsprecher.

„Kommen Sie, wir tanzen", rief Aimée ausgelassen und zog mich vom Stuhl.

Verunsichert hielt ich auf Abstand.

„Tanzen Sie am Institut neuerdings so weit auseinander? Wir haben so getanzt", rief sie und drückte ihr Gesicht an meine Wange. Mein Herz begann zu pochen. Ihr schlanker Körper schmiegte sich an mich. Ich spürte ihren Atem am Hals und meine Erregung. Der Seitenschlitz gab einen kleinen Bereich ihres Oberschenkels frei.

Mein Körper glühte.

„Wie wär's, wenn wir ihn verführen?" rief Silke und drängte sich zwischen uns. Ich spürte ihre Hand in meinem Nacken, als ob sie mich zu sich heranziehen und küssen wollte.

„Na hör mal, ich bin doch seine Mentorin", rief Aimée mit gespielter Empörung. „Außerdem wäre das Verführung Minderjähriger. Er ist ja nicht mal achtzehn."

„Aber schon ein richtiger Mann", meinte Silke und sah mich belustigt an. „Ausgeprägte Schultern, muskulöser Körper, Hände, die Zärtlichkeit versprechen."

„Man sollte die Volljährigkeit auf 16 herabsetzen", sagte Aimée.

Ich spürte ihre Hand auf dem Rücken und Silkes Hand auf der Schulter. Silke war so groß wie ich. Sie sah mich mit einem verlangenden Blick an. Ich fühlte mich wie in einer Zange.

„Was hältst du davon, wenn wir ihm das Hemd ausziehen?", fragte Silke und machte sich an meinen Hemdknöpfen zu schaffen.

„Benimm dich, sonst glaubt er wirklich noch, dass wir ihn verführen wollen."

„Wollen wir denn nicht? Sieh dir an, wie süß er ist. Und schon wieder rot wie eine Tomate."

Helbi hätte sich an meiner Stelle mit Sicherheit souveräner verhalten und die Flucht nach vorn angetreten. Er hätte sich an der Bluse von Silke zu schaffen gemacht oder sich selbst das Hemd ausgezogen. Ich war schüchtern und schämte mich für meine Hilflosigkeit.

Aimée schwankte, erblasste, lies mich los und hielt sich am Schrank fest.

„Was hast du denn, Aimée?", fragte Silke besorgt. „Die alte Sache?"

Aimée nickte und verzog den Mund.

„Warte, ich geb' dir was. Du solltest jetzt wirklich mal zum Gynäkologen. Ich mach' dir einen Termin, wenn du möchtest."

„Ja, das wäre gut."

Ich ging zu Aimée, um sie zu stützen. Doch sie wehrte ab, setzte sich vorsichtig in den Sessel und schloss die Augen.

Silke brachte ihr eine Tablette und ein Glas Wasser.

„Hier, ein Schmerzmittel. Ich mache dir einen Termin für diese Woche, einverstanden?"

Aimée nickte.

*

Eine halbe Stunde später saßen Aimée und ich auf einer Bank am Ufer des Sees und betrachteten die Segelschiffe, die vor der Insel kreuzten. Reiher lauerten bewegungslos auf Holzpfählen und im Osten überflog ein Möwenschwarm den See.

Aimée starrte auf das Wasser und schien wieder Schmerzen zu haben. Ihr Gesicht war blass. Zwischen den dünnen Augenbrauen verliefen zwei Falten bis zur Nasenwurzel.

„Noch Schmerzen?", fragte ich.

Sie schüttelte den Kopf und presste die Lippen zusammen.

„Kommen Sie", rief sie und wirkte plötzlich wie verwandelt. „Ich brauch' jetzt unbedingt einen Kognak. - Kommen Sie! Den Auftritt bei Silke vergessen wir, einverstanden? Das war dumm."

"Wieso?", fragte ich erstaunt.

"Weil er dumm war. Und Silke", sie zögerte, "nein, vergessen Sie`s." Sie warf mir einen ernsten Blick zu. "Ja?"

"Gut", sagte ich, da mir nichts anderes übrig blieb.

*

Gottfrieds Büro befand sich dem Café Zillich gegenüber in einem grauen Altbau. An der Eingangstür hingen noch die Fahnen von der Maifeier. Aimée ließ ihren Blick über die Fenster schweifen und sagte: „Also doch."

Ich war irritiert, da ich nicht ahnte, was sie meinte.

Die Gäste des Cafés saßen unter goldgerahmten Fotos von Pferden, die auf dem zwanzig Kilometer entfernten Rennplatz Siege errungen hatten und dem Besitzer des Cafés gehörten.

Die Bedienung, eine dürre Mittfünfzigerin mit verhärmtem blassen Gesicht, eingekerbten Falten, schwarzem Kleid und weißer Schürze, sah mich prüfend an, als Aimée zwei doppelte Kognak bestellte.

„Ist der junge Mann denn schon volljährig?", fragte sie mit hochgezogenen Brauen.

„Was denken Sie denn? Er ist Lehrerstudent und im September Lehrer."

„Trotzdem müsste ich den Ausweis sehen. Hier sind öfter Kontrollen. Dann bekommen wir Ärger. Nein, *ich* bekomme Ärger. Er sieht ja nun nicht gerade wie achtzehn aus."

„Nein? Wie denn?"

„Wie sechzehn."

„Ich werde in einem Monat achtzehn."

„Ohne Ausweis kein Kognak."

„Das ist ja unerhört. Überall Drangsalierungen. Da ist es doch kein Wunder, wenn die Leute abhauen. – Gut, dann bringen Sie uns eben *einen*", rief Aimée und zwinkerte mir zu.

„Und für ihn?"

„Fassbrause."

Mich wunderte, dass Aimée so offen über Abhauen und *Drangsalierungen* gesprochen hatte.

Ihr Blick wanderte abermals zu Gottfrieds Büro, das sich dem Fenster gegenüber befand. Sie schwieg, schien nachzudenken.

Als der Kognak kam, lächelte sie, prostete mir zu, trank aber nur die Hälfte und reichte mir das Glas. „Trink."

Als ich sie erstaunt ansah, wiederholte sie entschiedener: „Trink aus."

Mich überraschte, dass auch sie mich plötzlich duzte.

„Wir werden uns doch von dieser blöden Schachtel nicht reglementieren lassen. Oder? Wollen wir uns von dieser blöden Schachtel reglementieren lassen? Nein. Natürlich nicht." Sie lachte wieder ihr unbekümmertes Lachen, das ich so sehr an ihr mochte. „Wenn du jetzt dein Gesicht sehen könntest", rief sie. „Staunend wie ein kleiner Junge vor dem Weihnachtsbaum." Sie beugte sich vor und erfasste meine Hand. „Schon gut. Du solltest nicht alles so ernst nehmen. - Ich darf doch du zu dir sagen? Natürlich nur, wenn wir allein sind. Einverstanden?"

„Gut", sagte ich, fühlte mich aber nicht ganz wohl dabei.

Aimée zahlte und schlug vor, Gottfried zu besuchen. „Ich habe Lust, mich zu betrinken. Gottfried hat immer was in seinem Schrank. Wir werden ihn ein bisschen ablenken und mit unserer positiven Stimmung anstecken."

*

„Ich kann Sie leider nicht hoch lassen", nuschelte der Pfeife rauchende Pförtner, der seine Prinz-Heinrich-Mütze zurechtrückte. „Ihr Mann ist nicht da."

„Nicht da? Und sein Dienstwagen vor der Tür?"

„Ist mit einem anderen weg."

„Ach? Und wohin?"

„Geheimsache."

„Aber Sie kennen mich doch."

„Trotzdem."

„Dann eben nicht. Grüßen sie ihn schön."

„Selbstverständlich."

Auf der Straße warf Aimée wieder einen Blick auf das Fenster mit den zugezogenen Vorhängen.

„Wenn es so ist, amüsieren wir uns eben auch ein bisschen", rief sie und hakte sich bei mir unter.

Mir war unklar, warum sie das tat, obwohl sie wusste, dass ich eine Freundin hatte. Andererseits fühlte ich mich geschmeichelt, ihr so nahe zu sein.

„Lass uns an den Fluss gehen, ja?" sagte Aimée. „Der Fluss beruhigt mich."

In der Zwischenzeit war der Marktplatz gesäubert. Die Fenster der Häuser spiegelten in der Sonne, und die Tauben gurrten wieder auf dem Sims der Kirche.

Der Kognak begann allmählich zu wirken. Ich fühlte mich genauso leicht und unbeschwert wie nach dem Bier am Vorabend.

*

Hinter dem Sägewerk setzten wir uns auf eine verwitterte Bank. Aimée betrachtete ihre Hände, dann sah sie auf den Fluss und sagte: „Ich wollte mich schon öfter von Gottfried trennen. Aber er sagt, dass er mich liebt, obwohl er ständig Affären hat. Seine Sekretärin lächelt herablassend, wenn sie mich sieht. Auch die FDJ-Sekretärin. Ich glaube sogar, dass er mit Silke ein Verhältnis hat."

„Mit Silke?!" fragte ich erstaunt und war gleichzeitig überrascht, dass sie mich derart ins Vertrauen zog.

„Du kennst ihn nicht. Bei ihm ist alles möglich. Das darfst du natürlich niemandem erzählen. Nicht mal deinem Freund Helbi. Schwörst du mir das?"

Ich nickte.

„Sag es. Ich schwöre es beim Leben meiner Mutter."

„Ich schwöre es beim Leben meiner Mutter."

Als ich Aimée fragte, warum sie Gottfried geheiratet habe, sagte sie, weil er sie zum Lachen gebracht hätte, eine schicke Uniform und ein Motorrad gehabt habe. "Er war anders als die Jungs am Institut. Wir haben an der Ostsee und im Erzgebirge gezeltet. Das war eine wunderbare Zeit." Die Mädchen am Institut hatten sie um Gottfried beneidet, wenn er sie am Wochenende besuchte, in der Aula in Uniform mit ihr tanzte oder sie ins „Deutsche Haus" zum Essen einlud.

"Und wo habt ihr euch kennengelernt?"

"In Fahrenhorst bei meinem ersten Praktikum. Beim Tanz im Café Zillich."

*

Auf dem Rückweg fiel uns das farbige Plakat der *Elenden im Schaukasten der Kurbel auf.* Jean Gabin stemmte - von seinem Widersacher Javert beobachtet - einen Kutschwagen mit seinen Schultern hoch, unter dem ein schreiender, blutender Mann lag.

Da es Nachmittag war, standen nur wenige Besucher an der Kasse.

„Woll'n wir rein?", fragt Aimée.

Hätte ich damals nein sagen sollen? Wäre dann nicht geschehen, was geschah? Oder rede ich mir das nur ein?

„Hast du Victor Hugo gelesen?"

Ich schüttelte den Kopf.

„Das solltest du aber. Ich hab' ihn leider nur im Original. Meine Eltern sind Hugenotten und legten Wert darauf, dass ich Französisch spreche und lese. Du solltest auch Französisch oder Englisch lernen."

„Und mit wem – außer Silke – kannst du Französisch sprechen?"

„Die Zeiten ändern sich. Irgendwann reisen wir nach Paris oder London."

Die Zeiten ändern sich! Dieser Satz hing mir noch lange nach.

Aimée hatte zwei Karten für die Loge gekauft, in der wir allein saßen. Über uns summte der Vorführapparat. Es roch nach Mottenpulver und Schweiß.

Auf der Leinwand schufteten die Sträflinge in einem Steinbruch. Ein gewaltiger Stein löste sich und zerquetschte das Bein eines Häftlings. Schreie. Blut. Jean Valjean stemmte sich mit der Schulter gegen den Stein und drückte ihn weg.

Aimée schloss die Augen und lehnte ihre Stirn an meinen Oberarm. „Mon Dieu."

Ich drehte mich vorsichtig zu ihr. Mein Magen verkrampfte sich. Ich spürte die Wärme ihrer Stirn durch mein Nylonhemd und atmete nur flach. Ich war kurz in Versuchung, sie auf den Kopf zu küssen, doch meine Schüchternheit verwandelte meinen Körper in einen Stock.

Inzwischen stahl Jean Valjean die silbernen Leuchter bei einem Abbé, und ich spürte einen Hauch von Aimées Lippen an meinem rechten Ohr. Mein Herz hämmerte wie wild vor Angst und Erregung. Noch nie hatte mich eine Frau auf diese Weise geküsst. Sehnsüchtig wartete ich auf den nächsten Kuss, doch Aimée richtete sich auf, als ob sie bei etwas Verbotenem ertappt worden wäre und starrte auf die Leinwand. - War der Kuss nur eine Halluzination überhitzter Erregung? Oder hatte sie Angst vor ihrer eigenen Courage?

Steif aufgerichtet verfolgten wir Jean Valjeans Bemühen, sich als Bürger zu etablieren. Mehrmals schielte ich zu Aimée. Doch sie schien sich nur noch für den Film zu interessieren.

*

Nach dem Kino schlenderten wir schweigend durch die dämmrigen Straßen. Die Lichter in den Fenstern der Häuser verbreiteten eine heimelige Stimmung. Unter den Laternen wuchsen unsere Schatten.

Aimées Kuss hatte meine Gedanken blockiert. Ich wünschte mir, dass sie mich wieder auf diese Art küsste.

Ich denke, du liebst Melanie, sagte meine innere Stimme.

Ja, sagte ich, ja, ja, ja.

Das wird ein schönes Chaos geben!

Aimée blieb unter einer der Laternen stehen, kramte in ihrer Handtasche und steckte sich einen Stumpen an. „Würdest du auch sterben wollen wie Marius, wenn du deine Liebste verlieren solltest?" fragte sie und blies einen Rauchring in die Luft.

„Ich weiß nicht."

„Wahre Liebe ist, wenn man ohne den anderen nicht mehr leben möchte. Wie im *Werther*."

Ich schwieg, weil ich mir nicht vorstellen konnte, mich wegen Melanie umzubringen, obwohl ich sie zu lieben glaubte.

„Hättest *du* dich umgebracht, wenn Gottfried dich verlassen hätte?"

„Wo denkst du hin?!", rief Aimée lachend. „Natürlich nicht. Wir liebten uns auf eine andere Weise."

„Und auf welche?"

„Das werde ich dir nicht auf die Nase binden, Jugendfreund Kopmann."

Der Rauch umschwebte ihren Kopf und wirkte im Licht der Laternen wie Goldstaub. Auch ihre Härchen im Nacken leuchteten golden.

Am steinigen Ufer des Sees schwammen Blesshühner und Enten.

„Blesshühner behandeln wir demnächst im Unterricht. Bereite dich schon mal darauf vor. In der Kreisbildstelle kannst du dir Ton- und Bildmaterial heraussuchen. – Das wäre eine Vorzeigestunde für den Direktor."

An der Anlegestelle warteten mehrere Familien, die den Nachmittag auf dem Rummel in Fahrenhorst verbracht hatten, der noch bis einschließlich achten Mai auf der Wiese neben der Polizeikreisstelle aufgebaut war. Die Kinder schleckten Zuckerwatte. Einige begrüßten Aimée mit „Hallo, Frau Lehrerin", andere zeigten ihr die bei der Tombola oder beim Luftgewehrschießen gewonnenen Preise.

Am Holzgeländer der Zugangsbrücke zur Fähre lehnte Frau Habel und unterhielt sich mit einigen Inselbewohnerinnen. Ihr falscher Dutt wippte bei jeder Bewegung. Würde Heike später auch so aussehen - mit dicken Beinen, falschem Dutt und aufgeschwemmtem Gesicht?

Die Kinder spielten lärmend Fangen.

„Ich hasse diese Insel", flüsterte Aimée mir zu, als wir auf die verwitterte Bank neben dem Ruderhaus zusteuerten. Der Geruch von geräuchertem Fisch wehte über den See.

Einige Eltern verfolgten uns mit neugierigen Blicken und tuschelten. Andere musterten Aimée unverhohlen und frech.

„Mach' dir nichts draus. Sie reden ständig über andere und über alles. Ihre Leidenschaft ist die Neugier."

Anschließend saßen wir wortlos nebeneinander, da uns auch der Fährmann beobachtete.

In der Ferne blinkten die roten Signalleuchten der Fabrikschornsteine von Fahrenhorst.

Aimée wirkte abwesend. Plötzlich stand sie auf, stellte sich an die Metallbegrenzung und starrte in die Dunkelheit.

Als wir die Insel erreichten, sagte sie nur „Au revoire" und drehte sich nicht mehr um.

„Bis morgen", rief ich ihr nach und schlug den Weg zur Schule ein.

Heute fällt es mir schwer, mein damaliges Durcheinander der Gefühle zu beschreiben. Ich weiß nur noch, dass ich ein starkes Verlangen nach Aimées

Küssen und ihrem Körper verspürte, gleichzeitig aber auch nach Melanie und ihren Umarmungen.

*

Helbi lag schon im Bett und musterte mich. „Sag bloß, du hast was mit ihr?", fragte er lachend. „Der schüchterne Stefan!"
„Wie kommst du denn darauf? Wir sind wegen des Auges im Krankenhaus gewesen."
„Oho!", lachte Helbi. - „So lange?"
„Blödmann."
Ich erzählte ihm vom Krankenhaus, von Silke und ihrer Wohnung. Doch vom Tanz zu dritt und dem Kino erzählte ich ihm nichts.
Anschließend berichtete er mir von seinem Ausflug zum Wochenendhaus von Heikes Eltern.
„Und? Habt ihr es endlich gemacht?"
„Ich sag' dir doch, die jungen Weiber haben Angst vor einem Kind. Mit älteren ist es kein Problem."
„Wie mit der Kinokassiererin?"
„Da gehört das dazu. Ohne stundenlanges Knutschen, das mir schon zum Hals heraus hängt."
„Und Blondi?"
„Das gleiche Spiel. Aber bei der ist noch was drin. Die hat Erfahrung."

*

Am Nachmittag darauf hatte mich Aimée eingeladen, um mein Auge mit Eis zu versorgen.

Sie empfing mich in dunkelblauem Trainingsanzug; die Trainingsjacke bis zum Bauchnabel geöffnet. Das weiße T-Shirt spannte über ihren Brustwarzen und gab den Blick auf die vorstehenden Schlüsselbeine und den Hals frei.

Die Haare hatte sie mit einer blauen Schleife zu einem Pferdeschwänzchen gebunden.

Sie bat mich, die Augenklappe abzunehmen, die im Unterricht Lachen ausgelöst hatte.

„Was gibt's denn da zu lachen? Herrn Kopmann hat eine Biene ins Augenlid gestochen", hatte sie den Kindern erklärt und daraus sofort eine Stunde über Schadenfreude gemacht. Du sollst nicht lachen über Menschen, die hinken, auf Grund eines Geburtsfehlers nicht sprechen können, usw... Denke daran, dass du auch so hättest geboren werden können und die anderen lachten über dich. Wäre dir das angenehm?

Diese Ausrede mit der Biene schien mir auch für Melanie geeignet.

„Hast du die Creme aufgetragen?"

„Ja."

Das Telefon klingelte. Aimée nahm ab, hörte eine Weile zu und antwortete französisch, wobei mehrmals der Name Gottfrieds fiel.

Da ich in der Nähe des Panoramafensters stand, betrachtete ich den Rosenstock, den er erst vor kurzem gepflanzt hatte.

„Leg dich schon mal aufs Sofa", sagte Aimée, nachdem sie den Hörer aufgelegt hatte. Auch sie warf einen Blick auf den Rosenstock.

Danach verschwand sie in der Küche und erschien mit einem Eisbeutel, den sie mir vorsichtig auf das geschwollene Auge legte. Ihr Gesicht befand sich über mir. Ich starrte auf ihren Mund und hätte sie am liebsten umarmt und geküsst.

„Schön ruhig liegen bleiben." Sie erhob sich und setzte sich ans Klavier. Die Musik versetzte mich in einen schwebenden Zustand.

Als sie geendet hatte, lief sie durch den Raum. Plötzlich beugte sie sich über mich. „Für deine Freundin wirst du wieder bildschön sein", hauchte sie in mein Ohr, als sie den Eisbeutel abnahm. Ihre Finger strichen mir sanft über die Stirn. „Alles wird gut." Dabei beugte sie sich erneut an mein Ohr. Ich spürte ihren warmen Atem und die Zunge, die sich zart in meine Ohrmuschel schob und gleich wieder verschwand, als wäre sie nie dort gewesen. Diese Berührung empfand ich noch erregender als den Kuss im Kino.

Als Aimée die Tür zur Küche öffnete, hörte ich Stiefelschritte und kurz darauf das Drehen des Schlüssels im Schloss. „Guten Abend allerseits", rief Gottfried.

„Wo kommst du denn her? Du wolltest doch erst morgen kommen?", rief Aimée überrascht.

Mein Herz hämmerte, als ob ich bei etwas Verbotenem ertappt worden wäre.

„Oh! Hab' ich ein trautes Tête à tête gestört?"

„Sei nicht albern, Friedel."

Es war das erste Mal, dass ich Aimée *Friedel* zu ihm sagen hörte.

Auch er beugte sich über mich. Seine glubschigen, geröteten Augen starrten mich an. In seinem linken Mundwinkel glänzte Speichel. „Ah, sie hat dich verarztet. Ihre zarten Hände erregen die Sinne und wirken Wunder. Ihr Mund... nun ja." Erst jetzt roch ich seine Fahne. „Scheint sich zu bessern, Jugendfreund."

Ich drückte mich hoch und wischte mir unauffällig den Speichel vom Ohr.

„Du bleibst doch zum Abendbrot?", fragte Gottfried.

„Tut mir leid, ich muss mich vorbereiten", murmelte ich.

Gottfried zog aus seiner Aktentasche einen in fettiges Papppapier gewickelten Aal. „Da wirst du doch nicht nein sagen?! Außerdem hab' ich noch was Wichtiges mit dir zu besprechen."

„Mit mir?"

Gottfried lachte. „Jetzt sitzt dir die Angst in den Knochen, was? Keine Bange, alles harmlos."

Während des Essens sprach er von den künftigen Neubauten in Fahrenhorst, dem geplanten Sportplatz und dem Kupplungswerk, das innerhalb des folgenden Fünfjahrplans entstehen sollte. „Da kommen Fachkräfte aus der ganzen Republik hier her. Endlich wird diese trübe Gegend industrialisiert! Nicht mehr lange, und wir haben den Kapitalismus überflügelt. Dann hört das mit den Fluchtbewegungen auf."

Damals flüchteten Tausende pro Tag über die grüne Grenze in den Westen. „Keine Abwanderung von Fachkräften mehr", rief Gottfried. „Wir bilden aus und die Kapitalisten profitieren. Das muss endlich aufhören!"

„Und wie?" fragte Aimée.

„Abwarten."

Aimée warf mir einen prüfenden Blick zu. „Dann gibt's sicher auch Jeans bei uns, was meinst du?" rief sie.

„Meinetwegen auch Jeans! Sozialistische Jeans!" Gottfried lachte so ausgelassen und jungenhaft, dass er sich verschluckte und hustete. „Eines Tages werden wir diese Dinger auch für den Westen produzieren und unsere Devisen aufbessern. Warte nur ab, mein Herzchen."

In dieser Art ging es weiter. Gottfried schwärmte von der sozialistischen Zukunft und den Prachtbauten des Sozialismus, wie sie in Berlin bereits standen. Er schüttete ein Bier nach dem anderen in sich hinein, ohne betrunken zu werden. „Du trinkst doch ein Bier mit mir, Jugendfreund?"

Ich wollte kein Spielverderber sein und bejahte, obwohl mir Alkohol nicht bekam.

*

Als Aimée abwusch, versuchte mich Gottfried für die Armee zu werben. „Wir brauchen junge Offiziere, Stefan. Ich würde dafür sorgen, dass du nach Moskau geschickt wirst. Ja, du hast richtig gehört. Militärschule. Auf der ich auch gewesen bin. Eine Kaderschmiede. Mit deiner Lehrerausbildung hättest du gute Voraussetzungen. Lehrer, das ist doch nichts für dich. Das hab' ich im Gefühl. Willst du ein Leben lang auf einem Dorf versauern? Bei uns hättest du bessere Chancen. Du müsstest natürlich in die Partei eintreten. Doch da deine Eltern Genossen sind und ihr aus dem Westen zu uns gekommen seid, ist das sicher kein Problem für dich."

Er winkte mir, ihm in sein Arbeitszimmer zu folgen. Dort zeigte er mir eine Arbeit, die er für sein Fernstudium geschrieben hatte - ein *operatives Konzept zur Abwehr des Klassenfeindes*. Einer der Hauptpunkte war die *Sicherung der Grenze der DDR, um den freien Geldverkehr zu unterbinden und das finanzielle Ausbluten des ersten Arbeiter- und Bauernstaates auf deutschem Boden zu verhindern*.

„Überleg's dir, Stefan. So ein Angebot kommt so schnell nicht wieder. - Eine Voraussetzung ist natürlich, dass du deinen Abschluss schaffst. Doch wenn du zu uns stehst, wird das kein Problem sein. - Bevor du wieder abreist, musst du mir Bescheid geben. Die Auswahl der Anwärter ist groß."

*

Im Bett schwirrten mir Gottfrieds Angebot und Aimées Zungenverführung im Kopf herum. Suchte sie ein Abenteuer mit mir, weil sie an Gottfried Rache wegen Silke und der FDJ-Sekretärin nehmen wollte? Und was würde es für Konsequenzen haben, wenn ich Gottfrieds Angebot ausschlug?

Helbi schlief bereits und schnarchte.

Wie so oft, wenn ich nicht einschlafen konnte, stand ich auf und ging an die Luft.

Ein leichter Wind strich kühl über die Insel. Die dünnen Zweige der Bäume und Weiden bogen sich. Der Norden der Insel lag im Dunkel. Nur an der

Straße, die an der Fähre zur Fischfabrik führte, warfen die Laternen ein mattgelbes Licht auf den Asphalt.

Du bist ein Kuckuck, flüsterte meine innere Stimme. Setzt dich in ein fremdes Nest. Eine Hitzewelle schoss mir durch den Körper. Ich begann zu laufen, als ob ich vor mir selbst davon laufen wollte. Irgendwo schrie ein Kauz, und an der Villa des Parteisekretärs schlug der Hund mit dumpfem Bellen an.

Melanie wird dir die Ausrede mit dem Bienenstich auch nicht glauben, sagte meine innere Stimme. Es wäre das Beste, ihr die Wahrheit zu sagen.

Heute ist es mir ein Rätsel, was Melanie und ich aneinander fanden, zumal wir uns, trotz unserer Umarmungen und Küsse, fremd geblieben waren.

„Ich hau' eines Tages sowieso ab", hatte sie zu mir gesagt, als sie von Dröger wegen "*Passivität gegenüber den großartigen gesellschaftlichen Umwälzungen des Sozialismus*" kritisiert worden war.

Im Gegensatz zu mir verhielt sich Melanie krankhaft selbstkritisch und war wohl auch deshalb nicht in der Lage, die Leistungen anderer anzuerkennen. Ich bewunderte ihre Beharrlichkeit und ihren praktischen Verstand. Andererseits empfand ich es als Widerspruch, dass sie nach Sicherheit strebte und gleichzeitig von einer Reise zu Albert Schweitzer nach Lambarene träumte. "Die Welt wird nur besser", sagte sie, "wenn jeder versucht, den Armen zu helfen. Wenn man wie Albert Schweitzer auf eine Weltkarriere als Organist verzichtet, Medizin studiert und sich in den Dienst der Armen stellt."

Ich lief am Ufer des Sees entlang, bis ich schwitzte und kaum noch Luft bekam.

Als ich aufsah, befand ich mich vor der Villa Aimées. Im Wohn- und Schlafzimmer brannte spärliches Licht. Auf dem Klavier lag ein aufgeschlagenes Notenheft und auf dem Teakholztischchen neben den Sesseln entdeckte ich eine angebrochene Flasche Rotwein, einen vollen Aschenbecher und zwei halbvolle Gläser.

Gottfried erschien im Unterhemd mit verwuschelten Haaren am Schlafzimmerfenster. Er zündete sich eine Zigarette an und verschwand mit der Schachtel im Zimmer. – Sie haben es gemacht und rauchen jetzt, dachte ich und verspürte zu meiner Überraschung Eifersucht.

Danach erschien Aimée. Der Träger ihres Unterhemds hing auf der linken Seite herab und entblößte ihre Brust - ein pralles Hügelchen mit dunkelbrauner Brustwarze. Kein Vergleich mit Melanies Brüsten! Auch bei Aimée stand das Haar am Hinterkopf hoch. Ihre Hand wischte durch die Luft, als ob sie eine Fliege vertreiben wollte. Gottfried umarmte sie von hinten, drückte ihr einen Kuss auf den Nacken und zog sie vom Fenster weg.

Danach lief ich wie ein Irrer zur Schule zurück. - War es die Angst vor mir selbst, die mich trieb?

*

Als uns der Direktor besuchte, glitten dunkle Wolken über den Himmel und säten Schauer über die Insel. Die Äste der Kastanien bogen sich im Wind, der jedoch im Laufe des Vormittags wieder abflaute.

Ich erinnere mich, dass der Direktor den Regenschirm wie ein Schutzschild vor sich hielt, als er den Weg zur Schule herauf kam. Er besuchte uns unangemeldet, weil er sich ein Bild über den *normalen Schulalltag* verschaffen wollte.

Er stutzte, als er meine Augenklappe entdeckte. „Hast du deinen Kampf etwa verloren, Stefan?", fragte er, da er von unserem Sportlehrer wusste, dass ich boxe.

„Ja", sagte ich.

„Nun, es ist sicher gut, mit Niederlagen umgehen zu lernen. Ich bin aus ihnen gestärkt hervor gegangen. Das Geheimnis ist, niemals aufzugeben."

Der Direktor war in seiner Jugend ein erfolgreicher Ruderer gewesen und sprach aus Erfahrung.

Die Kinder rannten durch die Klasse und bewarfen sich mit Papierkügelchen. „Jetzt aber ab in die Bänke", rief Helbi.

„Fangen wir an", sagte der Direktor und setzte sich auf einen Stuhl hinten an der Wand.

Ich hielt eine Heimatkundestunde und ließ von den Kleinen anhand von Blättern und Rinden die Namen der Bäume bestimmen. Mit den Großen behandelte ich *Die Nützlichkeit der Biber für unsere Umwelt*. Erziehungsziel: *Ein junger Pionier schützt die Umwelt*; Bildungsziel: *Nur wer die Natur kennt, kann sie beherrschen*.

Hin und wieder nickte mir Aimée aufmunternd zu. Ich zeigte den Schülern auf der Landkarte, wie sich die Biber im Laufe der Jahrhunderte dezimiert hatten und hielt einen kurzen Vortrag, wie wichtig ihre Erhaltung für die Umwelt ist. Dabei bemühte ich mich, die Zusammenhänge so einfach wie möglich zu erklären.

Die beiden unteren Klassen malten indessen die Blätter und Rinden der Bäume in die Hefte.
Ich hatte die Stunde ohne die Hilfe Aimées vorbereitet und war stolz, dass sie mir so gut gelungen war.

„Beachtlich", sagte der Direktor, nachdem ich die Schüler in die Pause geschickte hatte. „Wenn du auch deine Abschlussstunde so hältst, werden wir dich unbesorgt auf die Kinder loslassen können."

Aimée warf mir einen zufriedenen Blick zu. Sie hatte sich in den vergangenen Tagen kühl und distanziert verhalten. - War sie mit Gottfried wieder glücklich? Oder hatte sie mich nachts vor ihrem Schlafzimmerfenster entdeckt? Ihr merkwürdiges Verhalten beschäftigte mich mehr, als ich wollte.

Helbi hielt eine spannende Mathematikstunde – kleines Einmaleins und Textaufgaben für die Großen, bei denen er sich Themen von der Fischereigenossenschaft ausgedacht hatte.

Nach dem Matjesessen in der Genossenschaft, bei der uns Rosenwinkel mit Witzen Gesellschaft leistete, bat mich der Direktor, ihn zur Fähre zu begleiten.

Als mein Deutsch- und Philosophiedozent lobte er meine Mitarbeit im Marxismus-Leninismus und im Deutschunterricht. Meine Leistungen bewiesen, dass ich mich ernsthaft mit den fortschrittlichen Ideen unseres Staates auseinandersetzte, um an der Verwirklichung des Sozialismus teilzuhaben. Danach schwieg er eine Weile, blieb schließlich stehen und sah mich an. „Wir brauchen junge Genossen in der Partei, Stefan. Deine Voraussetzungen für eine Aufnahme wären gut. Ich würde gern dein Bürge sein. Was meinst du dazu?"

Ich sah erstaunt zu ihm auf und fühlte mich genauso überrumpelt wie bei dem Gespräch mit Gottfried. Hing die Werbung für die Partei mit dem erhöhten Fluchtaufkommen zusammen? Wahrscheinlich dachten sie, wer in der Partei ist, flüchtet nicht. Ein Genosse wollte ich auf keinen Fall werden. Dazu fühlte ich mich noch zu jung. Genosse war gleichbedeutend mit alt und bedeutete Zugehörigkeit und Staatstreue. Ich erinnerte mich, wie meine Eltern die Parteitagsbeschlüsse studierten und an stundenlangen Sitzungen teilnahmen.

„Was meinst du?"

„Ich bin ja noch viel zu jung und gar nicht würdig, in die Reihen der Partei aufgenommen zu werden", sagte ich zögernd.

„Würdig!" lachte der Direktor. „Wenn nicht du, wer denn dann? Deine Eltern sind aus dem Westen zu uns gekommen, sind Mitglieder unserer Partei geworden. Gerade Menschen wie dich brauchen wir in unseren Reihen. Mit deinem Eintritt würdest du dem Staat deine Dankbarkeit erweisen. Wenn du einverstanden bist, schicke ich dir nach dem Praktikum einen Aufnahmeantrag. Dann wärst du als Lehrer bereits Genosse und würdest es leichter haben, in einer Gemeinde Fuß zu fassen, da dir die Parteigruppe zur Seite stünde."

Ich schluckte kurz und sagte, dass ich für meine Entscheidung noch Bedenkzeit bräuchte.

„Bedenkzeit? Was gibt's denn da zu bedenken, Stefan? Die Partei macht dir ein großzügiges Angebot. Das ist ein Privileg in deinem Alter, das du meinem Einfluss verdankst. Wir nehmen nur für würdig befundene Kandidaten."

Mir war klar, dass ich aus dieser Falle nicht mehr herauskam. „Entschuldigung, natürlich", sagte ich. „Das hatte ich nicht bedacht."

„Schön, das zu hören. - Jetzt wünsche ich dir noch ein erfolgreiches Praktikum, wovon ich nach deiner letzten Stunde ausgehe."

Als er die Fähre betrat, drehte er sich um und winkte mir zu.

Helbi grinste, als ich ihm von der Anwerbung erzählte.

"Mich hat er auch zu werben versucht."

"Und?"

"Es zwingt mich ja keiner, den Antrag auszufüllen."

*

Am Spätnachmittag erhielt ich ein Paket von meiner Mutter, das einen schwarzen Anzug, eine weinrote Weste, einen silbernen Schlips, ein weißes Nylonhemd und einen schwarzen Popelinmantel mit Achselklappen und goldenen Schnallen enthielt - ein Geschenk meiner Großmutter aus dem Westen, das sie mir schon vor Monaten versprochen hatte. Sie adressierte ihre Pakete vorsichtshalber an meine Eltern, die sie mit DDR-Briefmarken an mich schickten, da wir am Institut keine Westkontakte haben und keine Westpakete annehmen durften. Es ginge ihnen gut, schrieb meine Mutter in dem beigelegten Brief, nur der Vater leide an einem schlimmen Husten und befinde sich bei Dr. Hausding in Behandlung. Er habe seit einigen Wochen das

Rauchen aufgegeben und sichtbar zugenommen. „Bitte, meide dieses Laster." Danach folgten die üblichen Ratschläge: fleißig zu lernen, höflich zu sein und früh zu Bett zu gehen, da Schlaf Nervenbalsam sei. Zum Schluss die Aufforderung, bald wieder nach Hause zu kommen. „Kuss. Deine dich liebende Mutter."

Als ich den Anzug angezogen hatte, betrachtete ich mich im Spiegel. Er passte. Auch der Mantel. Das Paket kam zum *Tag der Befreiung* gerade recht. Nur mein geschwollenes Auge wirkte komisch.

*

Aimée verhielt sich mir und Helbi gegenüber immer noch kühl. Nach dem Unterricht trug sie uns für den 8. Mai auf, mit den Schülern eine Wandzeitung über die Heldentaten der *Roten Armee* anzufertigen. Ich suchte im Archiv von Fahrenhorst nach Fotos, versah sie mit Texten und ließ die Schüler am Pioniernachmittag auf einer mit rotem Tuch bespannte Holztafel alles anordnen. Ein Gedicht pries die heldenhaften Sowjetsoldaten, die Deutschland vom Joch des Faschismus befreit hatten. Als Hausaufgabe gab ich den Schülern auf, Joch im Lexikon nachzuschlagen und fragte das Ergebnis am nächsten Tag ab. Es war erstaunlich, wie viele Bedeutungen es hatte: als Zuggeschirr, Schultertrage, Flächenmaß, Einkerbung im Gebirge, usw. bis zu einer als bedrückend empfundenen Fremdherrschaft.

Aimée lobte die Wandzeitung, blieb jedoch weiter zurückhaltend und kühl, was mir nur recht war. Ich lief so oft wie möglich vor den Spiegel und betrachtete mein Auge. In den letzten vierundzwanzig Stunden war es merklich abgeschwollen. Dank der Creme von Silke, die ich morgens und abends aufgetragen hatte. Die blaue Färbung war bis auf ein zartes Gelb verschwunden.

*

Zum Wochenende hatte sich Helbi von Aimée Urlaub wegen dringender Familienangelegenheiten erbeten. Sein Vater hatte einen Schlaganfall erlitten, nachdem er von der Partei wegen *intellektueller Überfrachtung* ausgeschlossen worden war.

Merkwürdig, dachte ich. Warum schließt die Partei die alten Lehrer aus und wirbt gleichzeitig um die jungen? „Das ist sein Todesurteil", sagte Helbi.

Als ich ihn zur Fähre begleitete, saßen mehrere alte Frauen wie bei unserer Ankunft auf den Bänken vor den Fischerkaten, warfen uns neugierige Blicke zu und tuschelten.

Auf dem Fußballplatz bolzten und grölten mehrere Jugendliche und an den Villen der Parteioberen hingen Fähnchen und Transparente, die die unverbrüchliche Freundschaft der DDR zur Sowjetunion priesen.

Helbi war blass und hatte gerötete Augen. Offenbar hatte er die Nacht kaum geschlafen. Die Ungerechtigkeit, die seinem Vater widerfahren war, verletzte sein Gerechtigkeitsgefühl, obwohl es zwischen beiden in politischer Hinsicht öfter Spannungen gegeben hatte. Im Gegensatz zu mir war

Helbi mutiger, wenn es um seine Eigenständigkeit ging.

Am Anlegeplatz umarmte er mich und sagte: „Grüß Melanie von mir."

Der Fährmann warf mir einen abschätzenden Blick zu. Seine Bizeps wölbten sich wie Knödel, als er die Winde der Sperre drehte. Der rote Stern auf seinem Oberarm zog sich zusammen und weitete sich wieder.

*

Auf dem Rückweg begegnete ich Heike am Tor der Fischfabrik. „Stefan! Kannst du mir sagen, was mit Helbi los ist?"

„Wieso?"

„Ist er weggefahren?"

„Ja. Zu seinen Eltern."

„Müsst ihr denn nicht demonstrieren?"

„Schon. Aber es ist wohl was Wichtiges passiert."

„Was denn?"

„Keine Ahnung."

Heike sah mich ungläubig an.

„Du kannst es mir ruhig sagen."

„Irgendeine Privatsache. Mehr weiß ich nicht."

Heike fiel mir um den Hals und schluchzte. „Ich hab' ihn doch so gern. Er kommt nicht mehr. Warum macht er das denn mit mir? Sag ihm, dass ich ihn liebe. Machst du das? - Bitte!"

„Besser wäre, wenn du's ihm selber sagst."

„Wie denn, wenn er mir aus dem Weg geht? - Er hat bestimmt eine andere."

„Glaub ich nicht."

„Wirklich nicht?"

Ich schüttelte den Kopf. „Bestimmt."

Wieder eine dieser verdammten Lügen!

Von der Fähre schlenderte ein geschniegelter Seeoffizier mit Sonnenbrille auf uns zu. Die goldenen Knöpfe seiner Uniform glänzten. Er trug ein weißes Hemd und einen schwarzen Schlips. „Können Sie mir sagen, wo ich die Bäckerei Habel finde?"

Heike sah überrascht zu ihm auf. „Da drüben. Ich bin die Tochter."

„Oh. Haben Sie noch ein Zimmer frei?"

In der Ferienzeit vermieteten die Habels zwei Zimmer unter dem Dach.

„Ja, natürlich, kommen Sie." Heike warf mir rasch einen Blick zu und sagte: „Tschüs, Stefan. Und denk an meine Bitte, ja?"

*

An der Schule winkte mich Aimée durch das geöffnete Klassenfenster zu sich. Sie hatte neues Anschauungsmaterial für den Tag der Befreiung gesichtet und forderte mich auf, es für die Wandzeitung zu prüfen. „Wissen Sie Näheres über die persönlichen Angelegenheiten von Jugendfreund Binder, Jugendfreund Kopmann?"

Ich fragte mich, warum sie mich plötzlich wieder siezte. Weil sie unseren Tag in Fahrenhorst vergessen machen wollte?

„Keine Ahnung. Warum fragen Sie ihn nicht selbst?"

„Oh, entschuldigen Sie. Wahrscheinlich haben Sie schlecht geschlafen oder Liebeskummer. Hat Ihre

Freundin etwa abgesagt? Das täte mir leid. Oder kommt sie doch, und Sie haben ein schlechtes Gewissen?"

Ich wusste nicht, was ich darauf antworten sollte und wurde rot.

„Bis heute Abend", sagte Aimée, verließ die Klasse, schwang sich auf ihr Rad und fuhr davon.

Gegen Abend dekorierten wir an der Schule Fähnchen und Losungen an der Vorderseite zum See und an den Fenstern.

Aimée hatte ihr Haar mit kleinen orangefarbenen Klammern aufgesteckt, wodurch sie um Jahre jünger wirkte. Ihre weiße Bluse saß knapp am Körper und betonte ihre schlanke Figur. Auch die schwarzen Hosen, die im Schnitt Jeans ähnelten.

Wieder tat sie, als ob ich Luft für sie wäre. Ihr Verhalten reizte mich und machte mich gleichzeitig wütend.

„Halten Sie bitte mal die Leiter, Jugendfreund Kopmann", rief sie, als sie die Fähnchen der DDR und der Sowjetunion in die Halterungen über dem Eingang stecken wollte. Mich wunderte, warum sie das nicht mich machen ließ. Mein Blick schweifte über ihre Beine und ihren kleinen Po bis zu ihrem Nacken. Dabei musste ich wieder an ihre gegrätschten Beine in der Turnhalle und an den Kuss an meinem Ohr denken.

„Ich wünsche Ihnen eine schöne Zeit mit Ihrer Freundin, Jugendfreund Kopmann", sagte sie, als sie von der Leiter stieg. - Bringen Sie die Leiter in die Halle."

Danach ging sie in Richtung Fischfabrik und ließ mich wütend zurück.

*

Am Abend probierte ich meinen Anzug und betrachtete mein lädiertes Auge im Spiegel. Noch immer keine Veränderung!

Um mich abzulenken, stellte ich den SFB auf meinem Taschenradio *Sternchen* ein, das mir meine Mutter zu Weihnachten geschenkt hatte. Frau Monika Meinecke wünschte sich *Love me Tender*. Nach der Musik informierte der Sprecher über die kulturellen Events in West-Berlin – Theater, Kabarett, Jazz.

Als es an der Tür klopfte, stellte ich das Radio sofort aus.

„Ich bin's", rief Aimée.

Ich erschrak. Wenn sie mitbekommen hatte, dass ich Westsender hörte, musste sie mich zur Rechenschaft ziehen und melden.

„Jetzt nicht!", rief ich lauter, als ich wollte.

„Warum nicht? Bist du etwa nackt?" Sie lachte kurz auf.

„Nein."

„Und warum geht es dann nicht?"

Was will sie von dir, schoss mir durch den Kopf. Warum kommt sie ausgerechnet jetzt hierher? Warum spricht sie dich wieder mit Du an?!

„Hast du etwas zu verbergen?"

„Nein", rief ich unsicher, entschloss mich aber zu öffnen, weil nicht zu öffnen erst recht Verdacht erregt hätte.

„Oh", rief sie, spitzte die Lippen und pfiff bewundernd. „Ein Gentleman vom Scheitel bis zur Sohle." Sie umkreiste mich und befühlte den Stoff. „Tolles Material. West? Sitzt wie maßgeschneidert. Kein Wunder bei deiner Figur. Ich wünschte, Gottfried würde auch mal so einen Anzug tragen, und nicht immer diese blöde Uniform. – Nur dein Auge! Sie lächelte. „Zu komisch. Entschuldige, aber das passt nicht recht zu diesem Anzug."

Aimée trug einen Batikrock mit übergroßen blauen Fantasieblumen und eine weite blaue Baumwollbluse mit tiefem Ausschnitt. „Du siehst aus, als ob du heiraten wolltest. Willst du?" Sie lachte wieder kurz auf, ging zum Spiegel, um sich das vom Wind zerzauste Haar zu richten, in dem keine orangefarbenen Klammern mehr steckten. Sie öffnete ein winziges Täschchen aus weißer Spitze, das sie unter ihrem Gummigürtel trug, und zog mit einem Lippenstift die Lippen nach. „Willst du den Anzug tragen, wenn deine Liebste kommt?"

„Nein."

„Nein?" Sie hob erstaunt die Augenbrauen. „Nun ja, ja, ich vergaß. Komm mal her."

Ich warf ihr einen fragenden Blick zu.

„Na, komm schon."

Sie drehte meinen Kopf ins Licht und betrachtete mich. „Das könnten wir mit einem kleinen Trick... pass' mal auf." Sie öffnete erneut das Täschchen und entnahm ihm ein hellbraunes Schächtelchen. „Wenn wir da Make up..."

„Nein!" rief ich und riss mich von ihr los.

„Jetzt hab' dich mal nicht so. Wenn dir's nicht gefällt, kannst du es ja wieder abwaschen. – Also, jetzt stillhalten, mein Kleiner."

Mein Kleiner! Im Spiegel verfolgte ich mit Erstaunen, wie mein Auge allmählich ein normales Aussehen annahm.

„So wird dich deine Liebste lieben und herzen", rief Aimée.

„Hör auf", sagte ich.

„Womit?"

„Dauernd von meiner Liebsten zu reden."

„Ist sie es denn nicht?" Sie klatschte in die Hände und drehte sich im Kreis. Ihr Rock bauschte sich wie ein Schirm. „Puh. Mir ist heiß", rief sie und öffnete einige Knöpfe ihrer Bluse bis zu den Spitzen ihres weißen Büstenhalters. „Du hattest vorhin so schöne Musik. West? Du weißt doch, dass ich das melden müsste?" Sie stellte das Radio wieder an, schloss die Augen und tanzte biegsam und geschmeidig allein. „Jetzt sind wir quitt", rief sie und tanzte an mich heran. „Nun könntest du mich auch melden. Dann wäre ich meine Lehrerstelle los." Sie warf mir einen verführerischen Blick zu. „Willst du nicht tanzen?" fragte sie, legte mir den Arm um die Schulter und zog mich zu sich heran. *Alles vorbei, Tom Dooley*, dudelte aus dem Radio. *Noch vor dem Morgenrot, ist es geschehn, Tom Dooley. Morgen dann bist du tot.*

Ich stolperte. Entschuldigte mich.

„Schon gut, mein Kleiner", flüsterte sie und schmiegte sich an mich. Ihr Körper schwebte über den Boden. Ich spürte ihre Schenkel an meinen. Sie schloss die Augen. „Was für ein grausames Lied", hauchte sie und

90

lehnte ihren Kopf an meine Brust. Ich versuchte, mich zu lösen, um sie meine Erregung nicht spüren zu lassen.

„Was hast du denn?"

Ich schwieg und senkte den Kopf.

„Ah, verstehe. Deine Liebste. Wann kommt sie?"

„Morgen Mittag."

„Muss sie gar nicht demonstrieren?"

„Nein."

„Wir müssen doch alle demonstrieren."

„Sie hat eine Erlaubnis."

„Da muss sie aber sehr gute Beziehungen haben. Was hat sie denn als Grund angegeben? Dass sie zu dir will?"

Ich schwieg, und sie ging nicht mehr darauf ein.

Freddy Quinn sang *Junge, komm bald wieder.*

Nach dem Tanz stellte sich Aimée ans Fenster und starrte in die Dunkelheit. „Die letzte Fähre ist schon weg", sagte sie.

Wenn keine Fähre mehr kam, war Gottfried – wie in den letzten Tagen öfter – in seinem Büro geblieben.

Komm ein bisschen mit nach Italien, komm ein bisschen mit ans blaue Meer... Aber dann, aber dann, zeigt ein richtiger Italiener, was er kann, aber dann, aber dann, fängt beim Sternenschein die Serenade an...

Aimée näherte sich mit einem hypnotischen Blick. So hatte sie mich noch nie angesehen. *Zeigt ein richtiger Italiener, was er kann.* Als sie vor mir stand, wanderte ihre Hand in meinen Kragen, der zu weit war. Ich hielt den Atem an.

„Was für eine schöne Haut du hast", flüsterte sie an meinem Ohr und fuhr mit ihren Lippen über meine

Ohrmuschel und mein Ohrläppchen, das sie vorsichtig in ihren Mund zog. Dann schob sie ihre Zunge behutsam in mein Ohr. Ihre Hände wanderten zu meinen Lenden. Sie öffneten meinen Hosenbund und strichen behutsam über meinen Bauch. *Zeigt ein richtiger Italiener was er kann. Aber dann…*
Mein Glied schmerzte vor Erregung und reckte sich steil nach oben. Aimée knöpfte meine Weste und das Hemd auf. Danach liebkosten ihre Lippen meine nackte Brust, bis mich ein süßes Gefühl der Ergebenheit umfing. Ich starrte an die Decke, spürte, wie Aimée in die Knie ging und mein Glied sanft berührte. Dabei durchfuhr meinen Körper ein Schauer der Lust, der sich noch steigerte, als sie es in den Mund schob, und ich kurz darauf in ihr explodierte.

Aimée richtete sich auf und nahm mich in die Arme. „Ruhig", flüsterte sie und fuhr mit ihrer Zunge abermals über mein Ohr und erregte mich erneut. Ihre Hand streichelte meinen Nacken. Sie biss mir leicht ins Ohrläppchen und entfachte die Lust auf eine andere Art. Danach löste sie sich sanft von mir und warf die Kleider ab. Ihr Körper erschien mir in dem gelblichen Licht noch schlanker. Ihre kleinen Brüste standen spitz und herausfordernd vor.

„Komm", sagte sie und streckte mir ihre Hand entgegen.

Wir umarmten uns nackt. Unsere Körper glühten. Ich spürte ihre Brüste. Ihre Schenkel schmiegten sich an meine. Sie strich mir über den Rücken und sah mir in die Augen, als ob sie prüfen wollte, ob ich bereit sei. Mein Herz hämmerte so wild und laut, dass sie es hören musste. Es war das erste Mal, dass ich einen fremden Menschen nackt umarmte. Mein Glied hämmerte an ihren Bauch. Kurz darauf zog sie mich sanft zu meinem Bett. Mein Blick fiel auf die Nachttischlampe mit den Schmetterlingen und Helbis Bett mit der aufgeworfenen Bettdecke... Aimée beugte sich über mich. Ich spürte ihre nasse Scham und ihre Hand an meinem Glied, das sie mehrmals über ihre nasse Scham führte. „Du brauchst nicht aufzupassen", flüsterte sie. Und: „Nicht so schnell, warte." Ihr Körper presste sich an meinen, verwuchs mit mir. Sie biss mir leicht in die Lippe und krallt ihre Fingernägel in meinen Po. „Ruhig. Ganz ruhig." Sie erfasste genau den Augenblick, in dem sie sich wieder bewegen konnte, bis ich erneut in ihr explodierte.

Danach strich sie mir über die Stirn und sagte: „Mein süßer Kleiner."

Träumte ich? Oder lag Aimée tatsächlich neben mir?

Durch das Dachfenster sah ich grauschwarze Wolken dahin ziehen. Dann blitzte und donnerte es. Aimée presste sich an mich. „Jetzt sind wir ganz allein auf der Welt", flüsterte sie.

Wir lagen still und lauschten. „Ich werde hier weggehen."

„Weggehen? Wohin denn?", fragte ich überrascht.

„Nach Paris vielleicht."

„Nach Paris? Und was willst du da machen?"

„Unterrichten. Deutsch. - Willst du nicht mitkommen?" Sie lachte wieder kurz auf. „Wir beide in Paris." Sie drehte sich zu mir. „Schau nicht so erstaunt. Alles ist möglich, wenn man es will. Stell dir vor: wir beide auf dem Montmartre, im Moulin Rouge, im Bois de Boulogne."

Ich wusste nicht, was ich dazu sagen sollte. Wollte sie mich testen? Oder meinte sie es wirklich ernst?

„Und Gottfried?", fragte ich.

Schweigen. Dann schob sie sich an mein Ohr. „Vergiss es wieder. - Lass uns jetzt nur für uns sein. Nur diesen Augenblick leben und ein bisschen träumen."

Sie beugte sich über mich und küsste mich lange. Danach liebten wir uns erneut. Diesmal war ich ausdauernd. Auf dem Höhepunkt bäumte sie sich auf und schloss die Augen.

Das Gewitter grollte nur noch in der Ferne.

Aimée küsste meine Achselhöhlen und presste ihre feuchte Scham an meine Schenkel. Danach schliefen wir eng umschlungen ein.

Als ich am Morgen erwachte, war sie schon fort. Ich stand benommen auf und stellte mich ans Fenster. Um dreizehn Uhr kam Melanie.

*

Die Demonstration begann um zehn in Fahrenhorst. Um acht Uhr dreißig hatte Aimée die Abfahrt der Klassen mit der Fähre angesetzt.

Der Himmel spannte sich schiefergrau über die Dächer. Der Radiosprecher hatte Sturm und Regen für den Nachmittag angesagt. Aus der Bootsfahrt wird dann nichts, dachte ich, ging in den Waschraum und betrachtete mein Auge. Es hatte immer noch einen leichten gelben Schimmer, würde aber mit Make- up nicht mehr zu sehen sein.

Da noch das Parfüm von Aimée an meiner Haut haftete, seifte ich mich ein und duschte, bis ich zu frösteln und meine Stirn zu kribbeln begann.

Anschließend zog ich mir frische Wäsche an und ging zur Fähre.

Mein Kopf schmerzte trotz Tablette.

Ich war gespannt, wie sich Aimée verhalten würde.

Schon von weitem sah ich, dass sie Winkelemente mit dem DDR-Embleme an die Kinder verteilte. Einige trugen Regenmäntel und sahen wie Zwerge aus.

Aimée winkte mir zu und beschäftigte sich weiter mit den Kindern. Sie wirkte frisch und ausgeruht. Einigen Schülern strich sie über den Kopf. Einmal umarmte sie ein Mädchen, das vor ihr stand. Ich spürte ihren Mund am Ohr, am Hals, an meinen Brustwarzen und sehnte mich erneut nach ihrem Körper und den Küssen.

„Na, Jugendfreund?" Rosenwinkel grinste und zuckte mit dem Armstumpf. „Gute Nacht gehabt?", fragte er, mir zuzwinkernd.

„Gute Nacht? - Warum nicht?"

„Verteilen Sie mal", forderte Aimée mich auf und reichte mir die Winkelemente, ohne mich anzusehen. Sie sammelte das Geld für die Fahrscheine ein und wies zwei Köchinnen der Fischereigenossenschaft an, die sich als Aufsichtspersonen zur Verfügung gestellt hatten. Dann erteilte sie den Kindern Verhaltensregeln. Immer in der Reihe bleiben, mit den Fähnchen vor der Tribüne winken und hoch, hoch, hoch rufen. Nicht schubsen, nicht drängeln und sich als guter Pionier erweisen.

Da ich unsicher war, wie ich mich verhalten sollte, versuchte ich, einen Blick von Aimée aufzufangen. Doch sie wirkte unnahbar.

„Ich will mit *dir* gehen", sagte die kleine Rosenwinkel und griff nach meiner Hand.

„Das freut mich." Die Kleine mit dem kastanienbraunen Haar und den verträumten braunen Augen war mir von allen Kindern am liebsten. Sie suchte ständig meine Nähe, was ich mir nicht recht erklären konnte.

Rosenwinkel unterhielt sich an der Fähre mit dem Parteisekretär. Beide sahen kurz zu mir herüber. - Hatte er mitbekommen, dass Aimée mich besucht hatte? Mein Puls schlug schneller, da mir klar war, dass er Gottfried informieren würde, falls er etwas wusste.

Die Demonstration sollte bis 11 Uhr 30 dauern und Melanies Zug erst um 13 Uhr 30 ankommen. Also blieb mir noch genügend Zeit, mich auf sie einzustellen.

Ich trieb zwischen all den hoch rufenden Demonstranten dahin wie eine Holzplanke auf dem Meer, von den Wellen auf und ab geschaukelt.

Die Fahnen der FDJler wehten unter dunklen Wolken. Die Papierfähnchen der Pioniere flatterten im Wind.

Der Zug schob sich durch enge Seitenstraßen an Plakaten und Häuserfassaden vorbei auf den Marktplatz, auf dem die Honoratioren der Partei und des Kreises den Demonstrierenden von einer Tribüne aus winkten. „Dank Euch, Ihr Sowjetsoldaten" sang Ernst Busch aus den mannshohen Lautsprechern.

Zwei Reihen vor mir marschierte Aimée; neben ihr Rosenwinkel mit seinem fünfjährigen Sohn an der Hand.

Eine Schalmeienkapelle spielte von blauen und roten Fahnen umweht unter den Porträts von Marx und Engels Arbeiterlieder.

Aimée drehte sich um, als wollte sie sich vergewissern, ob ich noch da sei. Die gemeinsame Nacht erschien mir immer unwirklicher.

Die kleine Rosenwinkel zog mich am Arm und sah mit leuchtenden Augen zu mir auf. „Hast du Frau Badinsky gern?"

„Wie kommst du denn darauf?", fragte ich erschrocken.

„Weil du sie immer so lieb anguckst."

„Tatsächlich?"

Das Mädchen nickte. „Ich hab' sie auch lieb'."

„Na prima! Da lieben wir sie ja beide", rief ich und machte mir Vorwürfe, nicht vorsichtig genug gewesen zu sein.

„Aber dich hab' ich auch sehr gerne."

„Na, da freu' ich mich", rief ich und drückte sie an mich. Dabei schweifte mein Blick über das Meer von Transparenten. Auf einem stand: VON DER SOWJETUNION LERNEN, HEISST SIEGEN LERNEN! Auf einem anderen: DANK EUCH, IHR SOWJETSOLDATEN und auf einem dritten: NIE WIEDER KRIEG ZWISCHEN UNSEREN VÖLKERN.

Die Genossen der SED, die Vertreter der Blockparteien und die sowjetischen Offiziere trugen glänzende Orden, lachten und klatschten. Als ich

Gottfried hinter dem 1. Sekretär der Parteikreisleitung entdeckte, begann mein Puls abermals zu rasen. Hitze schoss mir durch den Körper und löste eine von Angst gesteuerte Unruhe aus.

„Hoch, hoch, hoch!" Blumensträuße flogen durch die Luft auf die Tribüne.

Zwischen mehreren weißen Kitteln entdeckte ich Silke, die eine dunkelrote Rose in Richtung Tribüne warf und ein Kusshändchen hinterherschickte, das Gottfried zu gelten schien.

Ob es stimmte, dass beide ein Verhältnis hatten?

An der Kirche versickerte der Zug in den Würstchenbuden und Bierzelten.

Silke und Aimée umarmten und küssten sich auf die Wangen. Es war mir ein Rätsel, wie Aimée Silke umarmen und küssen konnte.

Um die Zeit bis zur Zugankunft totzuschlagen, schlenderte ich an den Zelten und Holzbuden entlang, vor denen auf Bänken und an Holztischen Demonstranten Bier tranken und Bockwurst oder Broiler* aßen.

Auf dem Rückweg lief ich Gottfried und Aimée in die Arme, als sie eingehakt den Marktplatz überquerten.

Gottfried schlug mir freundschaftlich auf die Schulter.

Aimée sah bewundernd zu ihm auf, wodurch ich mich verraten fühlte. Am liebsten hätte ich sie an den Schultern gepackt und geschüttelt.

„Du kommst doch heute Abend mit deiner Freundin zur Feier in den *Roten Oktober*?", fragte er.

„Das hängt von ihr ab", sagte ich irritiert.

„Schon Herzklopfen?" Gottfried lächelte und zog Aimée zu sich heran. „Ist sie auch so hübsch wie meine Aimée?"

„Die Kranzniederlegung am Ehrenfriedhof kriegen wir auch ohne Sie hin", sagte Aimée. „Gehn Sie ruhig."

Ich wunderte mich, wie unbefangen sie wirkte.

„Hallo, ihr Lieben", rief Silke, die aus einer der Buden kam und Gottfried mit einem Kuss auf die Wange begrüßte. „Wir haben uns ja schon", sagte sie zu Aimée. „Seid mir bitte nicht böse, ich muss so schnell wie möglich ins Bett. Nachtschicht."

Etwas später beobachtete ich hinter einer Häuserecke Gottfried und Aimée, wie sie die Honoratioren der Stadt begrüßten. Beide spielten ein glückliches Paar.

Ich ballte eine Faust in der Tasche und biss die Zähne aufeinander.

*

Der Weg zum Bahnhof führte über die Hauptstraße an der Nerzfarm vorbei. Am Straßenrand blühten Kastanien. Hunde bellten. Eine schwarze Wolke über dem See kündigte Regen an.

In der Vorstadt sperrten Polizeiautos die Straßen zum Marktplatz ab.

In der Nähe des Bahnhofs lungerten mehrere Alkoholiker an einem Kiosk herum und unterhielten sich lautstark.

An der Anzeigetafel las ich, dass der Zug Verspätung hätte.

Am liebsten wäre mir gewesen, wenn er gar nicht erst gekommen wäre.

Durch das verschmutzte Bahnhofsdach fiel graues Licht auf den Bahnsteig, auf dem ich rasch auf und ab ging. Dabei starrte ich auf die Geleise, die sich in der Ferne verzweigten und an irgendeine Grenze und in ein anderes Land führten. Wenn du einfach einsteigen und irgendwo hinfahren könntest, dachte ich. Egal wohin.

In diesem Augenblick prasselte Regen auf das Glasdach und verdunkelte den Bahnsteig, der nur noch spärlich durch das Licht aus den Fenstern der *Mitropa** beleuchtet wurde.

An der Wand zwischen den Fenstern stand eine Personenwaage mit einem ramponierten Spiegel über der Anzeigetafel. Ich stieg auf die Plattform und betrachtete mein Auge. Keine gelbe Färbung mehr! Ich atmete erleichtert auf.

Nach und nach füllte sich die Plattform mit Reisenden, die ihre Regenschirme einklappten. Einige schlenderten auf dem Bahnsteig umher oder warfen einen besorgten Blick auf das Glasdach. Ein Pärchen küsste sich in einer dunklen Ecke. Andere starrten in die Richtung, aus der der Zug kommen sollte.

Irgendwann erschien der Dienstleiter mit roter Mütze und Kelle.

Kurz darauf schnaufte die Lokomotive in den Bahnhof und hüllte die Waggons für einen Augenblick in grau-schwarzen Rauch. Mein Blick schweifte über die regennassen Fenster des Zuges.

Melanie stieg aus einem der hinteren Wagen.

Ich winkte ihr und lief auf sie zu. „Schön, dass du gekommen bist, Melanie", sagte ich und nahm ihr die Tasche ab.

Sie trug einen schwarzen Trenchcoat mit Achselklappen, den sie eng um die Taille geschnürt hatte. Ihr schwarzes Haar fiel auf die Schulter.

„Fahren wir erst mal zum Hotel?", fragte sie und musterte mich.

„Ja, gut", sagte ich und wunderte mich über meine Lockerheit. „Hattest du eine gute Reise?"

"Ja. Ich war allein im Abteil. Hab *Johann Christof* gelesen. Ein wunderbares Buch, das du auch lesen solltest. Es ist für mich die einzige Abwechslung auf diesem dreckigen Dorf. Aber das hab' ich dir ja geschrieben. Wie ich dieses Praktikum hasse! Und den Lehrerberuf. Meine Mentorin ist faul wie sonst was und putzt mich ständig herunter. Aber es ist ja bald vorbei!"

Wie schön sie ist, dachte ich und freute mich, dass sie mein lädiertes Auge nicht bemerkt hatte. Doch da irrte ich mich.

Vor dem Bahnhof ergatterten wir ein Taxi bis zur Fähre, an der Aimée bereits mit den Kindern und Betreuerinnen wartete. Was machst du? Was sagst du? Ich stolperte. Es fiel mir schwer, ein Bein vor das andere zu setzen.

„Was hast du denn?", lachte Melanie.

„Einen Krampf."

„Einen Krampf?"

„Herzlich willkommen auf der Insel", sagte Aimée und warf mir einen abschätzenden Blick zu.

In meiner Verlegenheit trat ich von einem Bein auf das andere. Melanie ging es ähnlich.

Aimée musterte sie kurz und wandte sich dann an mich. „Dass mir keine Klagen kommen. Eigentlich dürfte ich euch gar nicht allein in der Schule übernachten lassen. Aber ihr seid ja alt genug."

„Wir versprechen es", versicherte ich mit kratziger Stimme.

„Wo ist denn Gottfried?"

„Mit seinen Genossen im Büro."

*

„Du hast mich belogen!", rief Melanie, nachdem wir die Fähre verlassen hatten. „Du hast gar kein Zimmer bestellt. Alles an dir ist Lüge, Lüge, Lüge. Ich fahr' sofort wieder zurück."

„Es geht gar kein Zug mehr", sagte ich. Helbi hatte Recht. Mit jungen Weibern gab es nur Probleme! „Die Zimmer im *Roten Oktober* sind verdammt teuer. Helbi ist nach Hause gefahren. Da dachte ich, dass du das Geld sparen könntest."

„Du bist so gemein", schluchzte sie und vergrub ihr Gesicht in den Händen.

„Ich werde dir nichts tun, das verspreche ich dir, Melanie."

„Nein, ich will ins Hotel."

Der Wirt, ein schmalbrüstiges Männchen, das dauernd hustete und sich über die Glatze strich, bot uns Zimmer mit Blick auf den See, nach hinten auf die Insel, aufs Fischkombinat und die Industrieschornsteine von Fahrenhorst an.

„Ich überlegs mir noch", sagte Melanie, nachdem sie die Preise erfahren hatte. „So viel Geld!", rief sie, als wir uns wieder auf der Uferstraße befanden. „Ich bekomm' ja nicht mal Stipendium."

„Ich geb' dir mein Wort, Melanie."

„Dein Wort?! Das Wort eines Lügners!", fauchte sie.

„Jetzt hör aber auf! Wenn du nicht begriffen hast, dass ich dich liebe und dich sehen wollte, dann... weiß ich auch nicht", rief ich wütend.

Melanie stand mit dem Rücken zu mir. Ihre Schultern zuckten.

„Melanie!", rief ich. „Lass es uns doch wenigstens versuchen."

Sie drehte sich um, und ich folgte ihr wie ein geschlagener Krieger.

Am Eingang der Fischereigenossenschaft leuchtete uns die Losung: DANK DEN HELDENHAFTEN SOWJETSOLDATEN in weißer Farbe auf rotem Stoff entgegen. An der Wand in der Nähe des Schuppens mit den Netzen stand: WIR FISCHEN FÜR DEN FRIEDEN.

Schon von weitem hörten wir die Arbeiter mit ihren Frauen auf dem Hof feiern.

Rosenwinkel schwankte auf uns zu und lud uns ein. Sein Armstumpf zuckte. „Was für eine hübsche Jugendfreundin! Auch Lehrerstudentin?"

Da Ablehnen unmöglich war, zwängten wir uns zwischen die Feiernden auf eine Bank. Irgendwann spielte der Fabrikarbeiter Akkordeon, der auch auf Gottfrieds Beförderungsfeier gespielt hatte. Die jungen Männer tanzten mit Melanie. Auch der aufgekratzte Rosenwinkel. „Da hast du eine nette

Freundin, Jugendfreund", flüsterte er mir zu. „Das solltest du nicht leichtfertig aufs Spiel setzen."

Ich stutzte. - Wusste er tatsächlich etwas?

Melanie wurde von den jungen Fischern aufgefordert. Einer schob immer wieder seinen Mund an ihr Ohr und redete auf sie ein.

„Lass uns hier weggehen", flüsterte Melanie mir zu, als sie sich wieder neben mich gesetzt hatte. „Was die einem alles ins Ohr flüstern!"

Die meisten Fischer lallten und tranken weiter.

Rosenwinkel saß auf einer Bank vor einer Wellblechgarage und diskutierte mit zwei älteren Arbeitern.

Ich winkte ihm zu und lief mit Melanie Richtung Schule.

Schweigen.

An der Fähre luden Musiker ihre Instrumente aus.

„Am Abend ist im *Roten Oktober* Tanz", sagte ich.

Keine Reaktion.

„Lass uns deine Sachen dorthin bringen", rief ich und blieb stehen.

„Du hast doch gehört, wie teuer es ist", sagte Melanie, ohne mich anzusehen.

„Wir könnten Aimée fragen. Die hat beistimmt eine..."

„Aimée?"

„Oder Frau Badinsky. Helbi und ich sagen unter uns immer Aimée, da sie ja gar nicht so viel älter ist."

„Sie denkt doch, dass wir in der Schule schlafen."

„Du kannst mir vertrauen, Melanie."

„Vertrauen? - Ich habe dir vertraut. Aber du hast trotzdem geboxt."

Verblüfft starrte ich sie an und fragte mich, woher sie das wusste. „Es ist anders, als du denkst, Melanie."

„Wie denn?"

„Ich boxe ja nicht mehr."

„Weil du verloren hast? - Meine Freundin Isi hat mir einen Zeitungsausschnitt geschickt. Im dritten Kampf Kopmann gegen Koschnitz besiegte Koschnitz seinen Gegner durch KO, obwohl der boxerisch begabtere Kopmann ihn in den ersten beiden Runden dominierte. In der dritten Runde brachte Kopmann seine Linke plötzlich nicht mehr hoch und wurde von Koschnitz nach allen Regeln der Kunst ausgeknockt. - Ich kann es sogar auswendig."

„Und warum bist du dann her gekommen?", rief ich wütend.

„Weil ich wissen wollte, wie weit du es mit deinen Lügen treibst."

„Die Staffel war schon aufgestellt. Meine Kumpels hätten mich als Feigling..."

„Und dein Versprechen? Ich versteh' nicht, dass du mir, ohne rot zu werden, ins Gesicht lügst."

„Warum wohl? Überleg' doch mal, warum?"

„Was weiß ich?!"

„Schade, dass du dir das nicht denken kannst. - Also, was machen wir jetzt?"

Melanie sah zu den Wolken. „Es wird gleich wieder regnen."

Tatsächlich zuckte kurz darauf ein Blitz über den See. Donner krachte, und der Regen stürzte mit taubeneigroßen Tropfen auf uns nieder.

Da die Bäume keinen Schutz mehr boten, liefen wir in die Schule.

Im Flur schüttelten wir uns lachend die Nässe aus den Haaren und den Kleidern.

Melanie zog sich im Klassenzimmer um. Eine viertel Stunde später erschien sie im Bademantel mit ihrer nassen Kleidung in den Händen. „Kann ich sie irgendwo aufhängen?"

„Über den Stühlen."

Sie ging zum Spiegel, um ihr Haar trocken zu rubbeln. Ihre Körperformen wirkten im Bademantel noch erregender.

„Hast du einen Föhn?"

„Nein. - Soll ich es mal versuchen?"

„Lieber nicht."

„Was ist denn dabei? Ich hab' dir doch versprochen…"

„Na gut", sagte sie zögernd.

Ich breitete das Handtuch über ihren Kopf und massierte sanft ihre Kopfhaut.

Der Regen prasselte auf die Kastanien und den Vorplatz. Die dicken Tropfen rannen über die Fensterscheiben und zeichneten surreale Muster.

Melanie atmete etwas rascher. Ihr Bademantel lockerte sich.

„Weicher", hauchte sie.

Melanie stöhnte leise. Ihr Körper schmiegte sich langsam an meinen. Ich spürte ihren Po und küsste sie plötzlich wie von Sinnen auf den Nacken.

Melanie erstarrte.

„Entschuldige", stammelte ich und löste mich sofort von ihr.

Keine Reaktion.

Ich hielt das Handtuch wie eine Opfergabe in den Händen.

„Ich liebe dich doch, Melanie", stammelte ich.

Keine Reaktion.

„Entschuldige, es wird nicht wieder vorkommen. Sonst haben wir uns doch auch geküsst."

„Warte", hauchte sie, drehte sich um und sah mir in die Augen. Dabei kam sie auf mich zu, schlang ihre Arme um meinen Hals, zog meinen Kopf zu sich herab und küsste mich.

Es war wunderbar, ihre vollen Lippen und ihre Zunge zu spüren. Nie zuvor hatten wir uns so leidenschaftlich geküsst. Nie zuvor hatten sich unsere Körper so begehrlich aneinandergedrängt.

Danach lagen wir steif nebeneinander auf meinem Bett und wussten nicht, was wir mit uns anfangen sollten.

Von meinem Versprechen blockiert, traute ich mich nicht, sie zu berühren. Doch plötzlich spürte ich ihre Hand auf meiner Hand. Sie drehte sich zu mir und streichelte meinen Kopf. Ich streichelte sie ebenfalls, bis die Hände unsere Körper zu erobern begannen. Ich tastete mich langsam von ihrem Hals zu ihrer Brust. Schließlich beugte ich mich über sie, öffnete ihren Bademantel, küsste ihre rosa Brustwarze und umspielte sie mit der Zunge, wie es mich Aimée gelehrt hatte.

„Nein", flüsterte Melanie und presste ihre Lippen und Beine zusammen, wodurch sie wie verriegelt wirkte. „Du hast es versprochen."

Ich warf mich wieder auf den Rücken und starrte an die Decke.

Der Regen hatte aufgehört.

Ich wusste nicht, wie ich mich verhalten sollte und blieb stocksteif neben ihr liegen.

Irgendwann öffnete sie ihre Beine wieder und beugte sich über mich. In ihren Augen saß Angst. „Ich hab' noch nie mit einem Jungen", flüsterte sie an meinen Lippen und legte ihren Kopf neben meinen. Ich spürte, wie ihr Herz pochte. Ich lag nur noch da und wartete.

„Was hast du, flüsterte sie.

„Nichts."

Schweigen. Sie atmete heftiger. Ihr Haar fiel neben unsere Gesichter wie ein Vorhang zum Schutz vor der Welt. Ich dachte an Aimées Küsse und Liebesworte.

Ich versuchte, zur Seite zu rücken.

Die Stille war bedrückend.

Nach einer Weile küsste Melanie meine Wange. „Bist du mir böse?"

„Nein, wieso?"

Ihre Hand strich über meine Brust. Sie beugte sich über mich und küsste meine Brustwarzen, was mich erneut erregte.

„Verstehst du, dass ich Angst habe?"

„Ja."

Pause.

„Du musst mir Zeit lassen."

„Ja."

„Danke", sagte sie und küsste mich auf den Mund.

Heute weiß ich nicht mehr, wie lange wir so erstarrt und von unserer Leidenschaft erschreckt zusammen lagen.

Ich erinnere mich nur noch, dass ich sie gleichgültig beobachtete, als sie sich anzog.

*

Gegen 20 Uhr verließen wir die Schule. Schon von weitem hörten wir Musik und Grölen aus dem *Roten Oktober*.
Über der Insel schwebten noch immer schwarze Wolken, die jeden Augenblick einen Regenschwall ausschütten konnten.
„Willst du da wirklich hin?", fragte Melanie.
„Ich hab' es Gottfried versprochen. Er will dich unbedingt kennenlernen."
„Mich? Warum denn?"
„Keine Ahnung."
Melanie trug ein weißes, enganliegendes Kleid. Ihre von Natur aus roten Lippen hatten keinen Lippenstift nötig. Ich betrachtete ihren zur Üppigkeit neigenden Körper. Ihre Brüste wirkten reif und schwer; ihr Becken fraulich. Ihr schwarzes glänzendes Haar, das sie mehrere Minuten vor dem Spiegel gebürstet hatte, fiel auf ihre weiße Schulter. Sie roch nach Frische und Jugend.
Vor dem Tanzsaal riefen uns einige Jugendliche anzügliche Bemerkungen zu.
Melanie verzog angewidert den Mund.
Im überfüllten, verrauchten Saal hielten wir vergeblich nach Gottfried und Aimée Ausschau.
Die Kellnerinnen zwängten sich mit vollen Tabletts durch die Gänge.

Rosenwinkel stand am Ausgang zur Toilette und unterhielt sich mit Arbeitern. Er fuchtelte mit seinem Arm in der Luft herum, als ob er eine Rede hielt.

„Ah", rief der Parteisekretär hinter unserem Rücken. "Großartig, dass ihr gekommen seid." Seine Freundlichkeit überraschte mich. Sein gestutztes Seitenhaar stand ab und verlieh ihm ein lustiges Aussehen. Er trug einen dunkelbraunen Anzug aus Synthetik. Im linken Knopfloch steckte ein daumengroßes Parteiabzeichen. „Wir haben uns noch gar nicht richtig kennengelernt. Ich weiß nur vom Hörensagen, dass du auch ein Boxer bist."

Er musterte Melanie.

„Und du bist sicher seine hübsche Freundin und auch eine Lehrerstudentin. Kommt, Jugendfreunde, kommt", rief er und forderte uns auf, an seinem Tisch Platz zu nehmen, an dem bereits der Bürgermeister mit Frau und die Frau des Parteisekretärs saßen. Die Frau des Bürgermeisters war eine Matrone mit onduliertem blondem Haar und einem Goldzahn, die russischen Muttis ähnelte; die des Parteisekretärs eine Bohnenstange mit wässrigen Gänseaugen und einem dunklen Haarflaum auf der Oberlippe.

„Mein Gott", raunte mir Melanie zu. „Muss das sein?" Noch heute frage ich mich, warum uns der Parteisekretär an seinen Tisch gebeten hatte. Weil er um mein Verhältnis zu Aimée wusste und einen möglichen Skandal vermeiden wollte?

„Lasst uns darauf trinken, dass von deutschem Boden nie wieder ein Krieg ausgeht", rief der Parteisekretär und hob sein Glas. „Es lebe die deutsch-sowjetische Freundschaft."

Anschließend fragte er uns, welche Berufe unsere Eltern hätten, wo sie wohnten, usw... Melanie sagte, dass ihr Vater als Fotograf für die örtlichen Zeitungen arbeite – was er neben seiner Geschäftstätigkeit auch tat. Ich erzählte von unserer Flucht in die DDR und meinem Onkel, dem Kommunisten, bei dem wir Aufnahme gefunden hatten; meinen Schwierigkeiten in der Schule im Westen und den Nachhilfestunden durch die *Jungen Pioniere in der DDR.*

„Da sieht man mal", sagte der Bürgermeister mit einem euphorischen Schimmer in den Augen.

Zwischendurch tanzten Melanie und ich, um dem Tisch zu entfliehen. Melanie sah sich immer wieder im Saal um, als ob sie sich verfolgt fühlte. „Lass uns gehen", sagte sie, als ob sie den Skandal bereits geahnt hätte.

„Gottfried wird es uns übel nehmen. Er kommt bestimmt gleich."

Eine viertel Stunde später betrat er mit Aimée den Saal. Die Kapelle spielte *Wir werden niemals auseinandergeh'n.* Gottfried grinste blöde. Aimée machte zwei ungelenke Schritte zur Seite und hielt sich an einem jungen Mann im Blauhemd fest, bei dem sie sich lachend entschuldigte.

Die Arbeiter an den vorderen Tischen glotzten. Einige hielten sich die Hand vor den Mund, kicherten und tuschelten.

Aimées Wangen glühten wie nach unserem Zusammensein. Sie wirkte fröhlich und ausgelassen.

Der Parteisekretär winkte sie an den Tisch.

Gottfried packte Aimée am Arm und zerrte sie mit sich.

111

„Freundschaft, Genossen", rief er schon von weitem. „Es lebe der *Tag der Befreiung*. Es lebe die *Rote Armee* und der Sozialismus." Er lachte, als ob er sich über seine Worte lustig machte.

Der Bürgermeister und der Parteisekretär schauten befremdet zu ihm auf.

Die Musik spielte *La Paloma*. Die Arbeiter tanzten wieder.

Gegen Melanie wirkte Aimée blass und dünn. Doch ihre Aura ließ sie schöner erscheinen. Mein Herz pochte. Ich sehnte mich nach ihren Lippen, ihrem Körper und der Zärtlichkeit ihrer Hände.

"Was glotzt ihr denn so, ihr trüben Tassen?! Darf man nicht mal mehr feiern an so einem Tag? Freut euch. Freut euch des Lebens! Kapelle spiel' *Freut euch des Lebens*!", schrie Gottfried. Der Akkordeonspieler grinste und griff in die Tasten. "Mitsingen und schunkeln! Alle! Unterhaken. Schunkeln. Alle!" Gottfried lief in die Mitte des Saals und dirigierte. "Ja, gut so, Leute. Wunderbar! - Freut euch des Lebens. Los, los!"

Die Arbeiter und Arbeiterinnen gerieten in Fahrt. Schließlich sagen und schunkelten alle.

Der Akkordeonspieler wippte im Rhythmus.

Gottfried hob sein Schnapsglas: "Auf unsere sowjetischen Freunde! Sie leben hoch, hoch, hoch." Hoch, hoch, hoch, grölten alle, bis auf die Alks an der Durchreiche.

"Lass uns gehen", flüsterte Melanie.

„Ah, da ist ja unser Faustkämpfer", rief Gottfried und schlug mir so heftig auf die Schulter, dass ich zusammensackte. „Verlierer und Frauenheld. Du bist doch ein Frauenheld, oder irre ich mich da? Seht ihn euch an. Ein Kuckuck, der sich in fremde Nester setzt, was?"

"Lass ihn in Ruhe", zischte Aimée. "Fass dir lieber selber an die Nase. Der Junge ist doch nicht mal volljährig."

"Nein? Aber mit Frauen treibt er es schon, was, Frauenheld? Vor allem mit älteren Frauen. Mentorinnen der Liebe, ha?!"

Ein heißer Schauer durchschoss meinen Körper. Farbige Pünktchen tanzten mir vor den Augen und verursachten Schwindel.

"Schnaps für alle!" rief Gottfried der Kellnerin zu.

Dann winkte er Rosenwinkel.

Melanie riss erschrocken die Augen auf.

Alle starrten verlegen vor sich hin.

Als die Schnäpse auf den Tisch standen, und Melanie sich wehrte zu trinken, rief Gottfried: „Einer für alle, alle für einen" und drückte ihr das Glas in die Hand.

„Aber wenn sie doch nicht will", protestierte Aimée.

„Halt die Schnauze, Schlampe", rief Gottfried, zeigte mit dem Finger auf sie und lachte. "Das passt dir nicht, was?! Das passt dir nicht!"

"Idiot", fauchte Aimée, nestelte ein Taschentuch aus dem Gürtel und schnäuzte sich.

Ich wagte weder Aimée noch Melanie anzusehen und wäre am liebsten geflüchtet. Doch diesen Anblick der Feigheit wollte ich Gottfried nicht gönnen.

„Es ist jetzt gut", sagte der Parteisekretär zu Gottfried. „Wir trinken ja alle. Was sollen denn die Leute denken? Wir als Genossen!"

Gottfried beugte sich über den Tisch. „Die Freundin des Verlierers! Was für ein entzückendes Gesichtchen. Was für ein wunderbarer roter Mund. Was für ein schöner fleischiger Körper." Seine Hand schoss auf Melanie zu. „Krrrech."

Melanie schnellte zurück.

„Ich bin der böse Wolf!" Gottfried lachte schallend. „So schreckhaft? Nichts für ungut. Spaß muss sein. Du verstehst doch Spaß, Jugendfreundin? Und jetzt trinken wir alle." Er hob sein Glas.

„Entschuldigung. Aber ich krieg' das nicht runter", sagte Melanie und verzog angeekelt den Mund.

„Nein? Dann musst du zur Strafe mit mir tanzen", rief Gottfried, packte sie am Arm und zog sie auf die Tanzfläche. Dort riss er sie an sich. Melanie versuchte, Abstand zu halten, doch es gelang ihr nicht. Gottfried hielt sie mit eisernem Griff an sich gepresst.

"Also, das ist doch", raunte der Parteisekretär, „was macht er denn da?"

"So ist er eben", rief der Bürgermeister und grinste. "Wir sind doch früher auch so gewesen. Geballte Energie!"

„Ach ja?!" rief Aimée und warf ihm einen wütenden Blick zu.

Die Kapelle spielte „*Rote Rosen, rote Lippen, roter Wein...*" Dabei erinnerte ich mich an Silke, wie sie mein Hemd aufknöpfen wollte.

Zwischen den Tanzenden entdeckte ich plötzlich auch Heike mit dem Seeoffizier. Sie sah verliebt zu ihm auf. In seiner Ausgeh-Uniform mit weißem Hemd und Schlips wirkte er wie ein amerikanischer Filmstar.

Melanie versuchte sich erneut, aus Gottfrieds Umklammerung zu befreien. Doch er hielt sie an sich gepresst.

Ich hätte dazwischen gehen müssen, tat es aber nicht. Aus Angst? Feigheit?

Aimée streckte ihre Hand aus. „Kommen Sie, lassen Sie uns auch tanzen."

Obwohl ich Abstand zu halten versuchte, schmiegte sie sich bei den Drehungen an mich.

„Mach das bitte nicht", sagte ich.

"Ich will dich wieder", flüsterte sie in mein Ohr und sah mit verschleiertem Blick zu mir auf.

Gottfried schob seinen Kopf an Melanies Wange, doch sie drehte sich angewidert zur Seite.

"Die Kleine ist hübsch. Ein bisschen spießig. Sie wird dir nur Unglück bringen. Sie will mit dem Kopf durch die Wand. Du solltest dich vorsehen. So recht passt sie auch gar nicht zu dir. Wart ihr zusammen? War es schön?"

"Hör auf damit."

„Liebst du sie?"

Ich wagte nicht, „nein, ich liebe nur dich" zu sagen.

„Nur dich, dich, dich."

„Ich habe dich gefragt, ob du sie liebst. Willst du, dass ich es schreie?!"

„Ich liebe sie, ja", entgegnete ich wütend.

"Mehr als mich?"

"Hör auf."

"Sag es!"

"Was soll denn das? Du bist doch verheiratet! Du hast doch gehört..."

"Oh, dann weiß ich Bescheid", zischte Aimée.

„Nichts weißt du, gar nichts", stammelte ich.

Die Kapelle spielte einen Tusch und verkündete eine Pause.

Rosenwinkel ließ mehrere Fischplatten gratis servieren. "Lasst es euch schmecken, Genossinnen und Genossen, Kolleginnen und Kollegen. Es ist ein Geschenk der Parteigruppe des Fischkombinats. Es lebe die *Rote Armee* und die Sowjetunion."

Der Parteisekretär und der Bürgermeister stürzten sich als Erste auf die Häppchen. „Schon lange keinen Aal mehr gegessen", rief der Bürgermeister mit leuchtenden Augen und schob sich ein dickes, fetttriefendes Stück in den dicklippigen Mund. „Esst, Genossen, esst."

„Dazu passt nur Wodka", rief Gottfried und bestellte eine Flasche.

„Jetzt wird's gefährlich", flüsterte Aimée mir zu. „Das Beste wäre, ihr verschwindet."

Gottfried quetschte sich neben Melanie, hielt ihr das Wodkaglas an den Mund und grinste blöde.

„Hör endlich auf, das Mädchen zu belästigen", rief Aimée, die wieder auf dem Stuhl neben dem Parteisekretär saß. "Du hast doch gehört, dass sie keinen Schnaps verträgt. Warum lässt du sie denn nicht in Ruhe?!"

„Du hältst die Schnauze, Schlampe", rief Gottfried und bedrängte Melanie weiter. „Hab' dich nicht so, Jugendfreundin, komm. Trink Bruderschaft mit mir."

Melanie nippte und drückte das Glas mit der Hand wieder weg. "Ich kann nicht!"

Gottfried beugte sich vor, um sie auf den Mund zu küssen, doch sie drehte sich zur Seite, so dass er nur ihre Wange erwischte. Doch er fasste blitzschnell unter ihr Kinn und drehte ihren Mund zu sich.

„Das reicht jetzt", schrie Aimée. „Führ dich nicht so auf, du Schwein."

Der Parteisekretär und der Bürgermeister erstarrten. Ihre Frauen lehnten sich pikiert zurück.

„Was hast du gesagt?", fragte Gottfried gefährlich lauernd. „Schwein? Hab' ich das richtig gehört? Schwein?"

„Mensch, Gottfried." Ich schoss hoch und versuchte, ihn an der Schulter festzuhalten. „Du hast sie immerhin Schlampe..."

„Fass mich nicht an, du Frauenverführer!", schrie er und wies mit großer Geste auf mich. „Seht euch diesen Frauenverführer an! Ha, ha, ha. Will mir Verhaltensmaßregeln vorschreiben."

Der Tisch wackelte. Aus einigen Gläsern schwabbte Wodka.

"Gottfried." Der Parteisekretär sprang auf.

Ein Stuhl krachte zu Boden. Eine Frau am Nebentisch kreischte.

"Gottfried", rief auch der Bürgermeister. „Du bist Genosse, vergiss das nicht."

Die Leute am Nebentisch sprangen auf und rissen ihre Gläser an sich.

Gottfried stürzte auf Aimée zu. Der Bürgermeister und der Parteisekretär stellten sich in den Weg. „Genosse Badinsky, mach' jetzt kein Theater", befahl der Parteisekretär und presste Gottfried auf den Stuhl zurück.

An der Bühne hatte Rosenwinkel die Kapelle aufgefordert, einen langsamen Walzer zu spielen.

Gottfried schoss wieder hoch und packte mich am Kragen.

"Du Scheißkerl", rief er. "Verdammter Mistkerl." Seine Faust traf mich mit solcher Wucht an der Wange, dass ich auf die Tanzfläche taumelte.

Wie auf Kommando verstummte der Saal. Selbst an der Durchreiche herrschte gespannte Erwartung.

Bei Gottfrieds zweitem Schlag riss ich meine Deckung hoch.

"Du kleiner Pisser. Seht euch diesen kleinen Pisser an, der sich mit mir anlegen will!", rief er lachend. „Ho, ho!"

Er wog doppelt so viel wie ich und war einen halben Kopf größer.

Beim dritten Schlag duckte ich mich, wie ich es beim Boxen gelernt hatte. Gottfried drehte sich wie ein Stummfilmkomiker um die eigene Achse, verlor das Gleichgewicht, ruderte mit den Armen und landete auf seinem Hintern.

Der Saal lachte.

Gottfried sah sich um, als wüsste er nicht, wo er sei. Er lächelte, als wäre alles nur ein Spaß. "Entwischt, dieser Saukerl. Entwischt", rief er und fiel beim Hochstemmen auf den Hosenboden zurück. Aus seinem Mund rann Speichel. "Komm her, du Drecksack."

Aimée lief zu ihm. Er stieß sie von sich. "Hau ab, du Hure."

Ich streckte die Hand nach Melanie aus, um zu flüchten.

"Jetzt haut er ab, der Feigling. So sind sie. Im entscheidenden Augenblick abhauen."

Ich blieb ruckartig stehn und ballte die Fäuste. "Dann komm doch her, wenn du kannst. Komm doch, du besoffener Affe", schrie ich.

„Stefan!" rief Aimée.

Lachen!

"Das lieben wir", trompetete Gottfried. "Kampfgeist. So muss ein FDJler beschaffen sein." Er versuchte, erneut hochzukommen, fiel jedoch wieder ächzend auf den Hosenboden zurück.

"Na, komm, komm doch", rief ich. "Wenn du kannst."

"Geh doch endlich. Geh!" schrie Aimée.

Ich bemerkte, dass Melanie verschwunden war, stürzte aus dem Saal und erreichte sie an der Fähre.

„Melanie!"

Sie blieb stehen und drehte sich um.

„Wie kommt er dazu, dich einen Frauenverführer zu nennen?" fragte sie, ohne mich anzusehen.

„Keine Ahnung. Er war betrunken."

„Betrunkene sagen oft die Wahrheit."

„Ich bin mir keiner Schuld bewusst, das schwöre ich dir."

„Das wäre nicht die erste Lüge."

"Melanie!"

"Lass mich. Ich weiß jetzt Bescheid."

In der Schule stürzte sie ins Klassenzimmer und schloss ab.

„Melanie", rief ich, doch sie antwortete nicht. Ich versuchte sie durch die Tür über eine halbe Stunde umzustimmen. Keine Reaktion. Nur einmal rief sie: „Lass mich in Ruhe."

Im Zimmer warf mich aufs Bett.

Die Angst schnürte mir die Kehle zu, da mir klar war, dass die Auseinandersetzung mit Gottfried ein Nachspiel haben würde. Ich fragte mich, wie ich mich aus diesem Schlamassel herauswinden sollte und sich Aimée verhalten wird, wenn wir uns in der Schule begegnen. Gottfried konnte die Tatsachen verdrehen. Ihm glaubt man eher als dir. Wahrscheinlich werden sie dich und Melanie relegieren.

Magensäure schoss mir in die Speiseröhre und brannte. Ich trank ein Glas Wasser. Dabei fiel mir ein, dass Melanie gar keine Zudecke hatte. Ich lief hinunter und klopfte erneut an die Tür. „Melanie. Du hast doch gar keine Decke. Und auch kein Bett. So kannst du doch nicht schlafen."

„Lass mich in Ruhe", rief sie wieder und: „Ich will dich nicht mehr sehen."

„Sei doch nicht so stur, Melanie."

Keine Antwort.

„Melanie!"

Keine Antwort.

Ich wartete noch eine Weile, dann ging ich wieder aufs Zimmer. Ich fühlte mich ausgebrannt und leer. Die Angst erfasste mich erneut, als ich mir vorstellte, mit meinem Koffer als ein Gescheiterter vor meinen Eltern zu erscheinen.

Erst eine Stunde später hörte ich sie die Treppe herauf schleichen. Sie öffnete leise die Tür und blieb abwartend stehen.

Ich lag starr und atmete, als ob ich schliefe.

Danach hörte ich, wie sie den Raum durchquerte und sich vorsichtig auf Helbis Bett legte.

Ich wagte nicht, mich zu bewegen, bis ich ihren Schlafatem hörte.

*

Gegen sechs Uhr schlich Melanie die Treppe hinunter. „Willst du wirklich gehen?" rief ich. „Wir könnten Boot fahren oder nach Fahrenhorst ins Café, da gibt es gutes Eis… oder ins Kino…"

„Hast du keinerlei Gefühl? Glaubst du wirklich, dass ich nach so einem Abend noch mit dir zusammen sein möchte? Lass mich wenigstens in Ruhe packen."

Ich lief in den Waschraum, wusch mein Gesicht und kämmte mich. Danach zog ich mich an, lief zur Bank vor der Schule und wartete. Im Stillen hegte ich die Hoffnung, Melanie auf dem Weg zur Fähre doch noch umzustimmen.

„Du brauchst mich nicht zu bringen", sagte sie, hatte dann aber doch nichts dagegen, als ich ihr die Tasche abnahm.

„Aber nur, wenn du nicht auf mich einzureden versuchst", sagte sie.

Auf der Insel herrschte eine seltsame Stille - kein Vogelgezwitscher, kein Boot auf dem See, außer der Fähre, die verträumt am anderen Ufer lag.

Melanie trug den Minirock vom Vorabend. Ich starrte auf ihre Beine, die mich plötzlich nicht mehr reizten.

An der Fähre lief sie, ohne mich anzusehen, auf und ab.

Ich saß auf der Bank und beobachtete den Fährmann, der auf der anderen Seite ablegte. Es war gut, dass es mit Melanie zu Ende war. Irgendwann wäre sowieso Schluss gewesen.

In diesem Augenblick krachten zwei Schüsse. Ich richtete mich auf und fragte mich, woher sie gekommen sein könnten. Schräg hinter mir lag Aimées Villa und dahinter die des Parteisekretärs; rechter Hand der *Rote Oktober*.

„Hast du das auch gehört?", fragte ich Melanie.

„War ja nicht zu überhören", sagte sie. Offenbar war sie mit ihren Gedanken schon nicht mehr auf der Insel.

„Es kam wahrscheinlich aus der Villa von Aimée."

„Vielleicht hat er sie oder sie ihn erschossen. Schade wäre es um beide nicht."

Am liebsten wäre ich sofort zu Aimées Villa gelaufen, blieb aber sitzen, bis die Fähre angelegt hatte.

„Mach's gut!", sagte Melanie und hob kurz den Arm, der wie ein lahmer Flügel wirkte.

„Soll ich dich nicht wenigstens bis zum Bahnhof bringen?" rief ich ihr nach.

„Nein."

Es war das letzte Mal, dass ich sie sah.

*

Ich hastete zur Villa von Gottfried und Aimée und starrte auf die zugezogen Gardinen. Die Rosen am Busch ließen die Köpfe hängen und aus den Beeten wuchs Unkraut.

So früh wagte ich noch nicht zu klingeln. Wenn tatsächlich etwas passiert ist, wäre es im Haus nicht so still, beruhigte ich mich. Wahrscheinlich schlafen beide. Dennoch beschlich mich ein ungutes Gefühl, da ich mir sicher war, die Schüsse aus der Villa gehört zu haben. Sie konnten natürlich auch aus vom Anwesen des Parteisekretärs gekommen sein. - Er besaß mit Sicherheit eine Waffe. Doch warum sollte er auf seine Frau oder jemand anderen schießen? Durch den Streit vom Vorabend lag es näher, dass Gottfried geschossen hatte. Auf Aimée oder in die Luft, um ihr die Grenzen aufzuzeigen? Würde er es auch bei mir tun? *Wenn du noch einmal meine Frau begrabscht, ist es aus mit dir, Frauenverführer.*

Das Gespenst der Angst wich mir nicht mehr von der Seite.

Um mich abzulenken, lief ich zum See, stieg in den Kahn und ruderte zu den Schwänen, deren Anblick mich beruhigte.

Anschließend umschlich ich erneut die Villa.

Die Vorhänge hingen immer noch vor den Fenstern. Konnte es sein, dass die Beiden gar nicht zu Hause übernachtet hatten? In meiner Verzweiflung klingelte ich.

Stille. Ich klingelte erneut und länger. Keine Reaktion.

*

Der Tag erschien mir wie ein ausgeleierter Gummi. Ich lief am See entlang und behielt Aimées Villa im Auge. Doch sie wirkte wie unberührt.

Um mich abzulenken, trank ich im *Roten Oktober* mehrere Biere und Schnäpse.

In der Dunkelheit kehrte ich zur Villa zurück, in der zu meiner Überraschung im Wohnzimmer Taschenlampenlicht über die Wände huschte.

Vorsichtig schlich mich hinter einen der Büsche unter dem Schlafzimmerfenster. Ein Lichtkegel erfasste das Klavier und das Bücherregal, dann das Sofa, auf dem mich Aimée verarztet und geküsst hatte.

Aus der Richtung der Anlegestelle näherten sich leise sprechende Männer, obwohl gar keine Inselbewohner zu sehen waren und um diese Zeit gar keine Fähre mehr fuhr. - Hatten sie mit einem eigenen Boot angelegt?

Zwischen den Männern entdeckte ich Silke mit einer Arztasche. Ein kleiner buckliger Mann redete auf sie ein. Alle Gesichter wirkten betroffen. Silke kramte noch im Laufen in ihrer Tasche.

Schließlich entdeckte ich Gottfried mit stierem Blick, verwuscheltem Haar und geöffneter Uniformjacke am Schlafzimmerfenster. Er starrte ins Dunkel, drehte sich plötzlich um und gestikulierte, als ob er sich verteidige. Der Bucklige schob sich von der Seite an ihn heran und wirkte mit dem Öffnen und Schließen seines Mundes wie eine Kaulquappe. Auf der anderen Seite tauchte das zornrote Gesicht des Generals auf. Er stieß die Faust in die Luft und schimpfte ebenfalls. Unten trugen vier Männer einen Zinksarg aus der Villa, dem Silke folgte.

Also hat er sie doch erschossen!

Ein kühler Wind strich über den Busch. Ich roch den süßlichsaueren Duft der Erde und verspürte Übelkeit.

Um nicht entdeckt zu werden, schlich ich in die Schule zurück und warf mich auf mein Bett. Aimée ist tot, dachte ich, ohne es glauben zu können.

Ich sprang auf, lief im Zimmer umher, legte mich wieder hin und erhob mich kurz darauf erneut. "

Aimée ist tot! Tot, tot, tot" rief ich in die Stille und weinte.

*

Vor Schulbeginn erschien der Parteisekretär. Ich starrte auf seine dicken Tränensäcke und trüben Augen.

„Es ist ein Unglück passiert", sagte er.

„Ein Unglück? Was für ein Unglück?" fragte ich scheinheilig.

„Das erfährst du, wenn alles geklärt ist, Jugendfreund. Das Beste ist, du schickst die Kinder heute nach Hause."

„Kommt Frau Badinsky denn nicht?"

„Nein.- Mach', was ich dir sage. Alles andere später."

Ich schickte die Kinder nach Hause und besorgte mir eine Zeitung von Heike.

„Warum hast du denn die Kinder nach Hause geschickt?" fragte sie.

„Weil es der Parteisekretär so verlangt hat."

„Der Parteisekretär?", fragte sie erstaunt. „Hat er denn irgendwas gesagt?"

„Nur, dass irgendein Unglück passiert ist."

„Also doch"

„Hast du was gehört?"

„Man glaubt, dass Badinsky seine Frau erschossen hat."

„Tatsächlich?! Und wer glaubt das?"

„Roderich und Fetzke. Die sind gestern früh vom Fischen gekommen und haben aus der Villa von Badinsky zwei Schüsse gehört. Außerdem hat Fettich in der Nacht gesehen, wie vier Männer einen Sarg auf ein Boot verfrachtet haben." Heike beugte sich über die Theke. „Warum hast du dich denn mit Badinsky im *Roten Oktober* gestritten?"

„Weil er meiner Freundin gegen ihren Willen Schnaps aufzwingen wollte."

„Nur deshalb? - Einmal musste es ja so kommen. - Deine Freundin ist verdammt hübsch! - Und was wird jetzt?"

„Keine Ahnung."

„Dalli, dalli, das muss in einer Stunde fertig sein", rief Heikes Mutter im hinteren Flur.

„Ist Helbi schon zurück?", fragte Heike.

„Nein. Kommt erst heute Nachmittag. - Ist dein Seemann wieder weg?!"

Sie warf mir einen schuldbewussten Blick zu.

„Sag Helbi nichts von dem, was ich dir neulich gesagt habe, ja?"

„Gut. Wie du willst."

Frau Habel erschien mit mürrischem Gesicht im Laden, und ich verabschiedete mich.

Auf der Bank vor der Schule blätterte ich die Zeitung durch. Keine Notiz von einem Unfall oder Mord.

*

Am Nachmittag trudelte Helbi wieder ein. Seine Gesichtshaut wirkte blass und teigig. „Ich bin vollkommen fertig", sagte er, warf sich auf sein Bett und starrte an die Decke. „In Neuhof hatte ich wieder mal zwei Stunden Aufenthalt wegen Verspätung. Da war der Anschlusszug nach Fahrenhorst natürlich weg."

„Soll ich dir einen Kaffee machen?", fragte ich, weil ich ihn nicht gleich mit den schlechten Nachrichten überfallen wollte.

Helbi winkte ab und starrte weiter an die Decke. „Mir ist vom Rauchen übel."

Pause.

„Und wie geht's deinem Vater?", fragte ich, weil ich das Schweigen nicht mehr aushielt.

„Beschissen. Du hättest sehen sollen, wie jämmerlich er in seinem Bett gelegen hat. Die Schriften von Marx und Lenin auf dem Nachttisch!" Helbi richtete sich auf und sah mich mit einem traurigen Blick an. „Das Schlimme ist, dass er die Partei nicht auf den Mond schießt, da sie ja immer Recht hat." Selbst Helbis ältere Schwester hatte den Ausschluss ihres Vaters richtig gefunden, *da die Partei nun mal eine Arbeiterpartei sei.* „Ich hab's nicht mehr ausgehalten. Du weißt ja, wie ich zu meinem Alten stehe." Er winkte ab. „Aber im Krankenhaus hat er mir leid getan."

„Bei uns hier ist auch einiges passiert", sagte ich und erzählte ihm von dem Eklat im *Roten Oktober* und dem Mord an Aimée.

„Ein Mord? Gottfried ist doch kein Mörder. Vielleicht hat sie sich ja aus Versehen selbst erschossen?"

„Mit zwei Schüssen?"

„Woher weißt du das denn?"

„Hab's gehört, als ich Melanie an die Fähre gebracht habe. Zwei Fischer haben's auch gehört, hat mir Heike erzählt. Außerdem hab' ich gesehen, dass sie nachts den Sarg abgeholt haben."

„Nachts?"

„Ja."

„Warum soll er sie denn erschossen haben?"

„Keine Ahnung."

Helbi sprang auf. „Gehn wir mal hin."

*

Die Vorhänge hingen immer noch vor den Fenstern. Die Strauchrosen schienen am Verdursten zu sein, und das Unkraut räkelte sich fett zwischen den Pflanzen.

„Wir klingeln mal", sagte Helbi.

„Was willst du denn sagen?"

„Fragen, was los ist."

Die Klingel schrillte in die Stille. Nichts rührte sich. Auf dem Fußballplatz bolzten und schrien einige Kinder.

„Und was machen wir jetzt?"

„Keine Ahnung. Hast du eine Idee?"

Ich schüttelte den Kopf.

An den Rest des Tages erinnere ich mich nicht mehr. Ich weiß nur noch, dass wir am nächsten Morgen beim Frühstück aus dem Fenster schauten, weil wir glaubten, dass irgendwann der Direktor auftaucht und uns Anweisungen gibt.

Mehrere Schwäne überflogen die Bäume und landeten am Ufer in der Nähe der Fischfabrik.

Am Ufer hastete Rosenwinkel an den Fischerbooten vorbei. Frau Habel trat aus der Bäckerei und atmete tief durch. Hinter ihr drängte sich Heike auf die Straße und lief Rosenwinkel hinterher, den sie am Tor der Fischfabrik einholte. Rosenwinkel streckte ihr seine Hand entgegen und lachte.

Helbi rauchte eine Zigarette nach der anderen. Manchmal hustete er und lief rot an. Sein D'Artagnan-Bärtchen war in der Zwischenzeit gewachsen und ließ ihn verwegen aussehen.

„Was machen wir, wenn die Kinder kommen?", fragte ich.

„Unterricht. - Jetzt geht's schon los", rief er und wies zum oberen Uferweg, auf dem der Parteisekretär mit seinem neuen Fahrrad auf uns zu radelte. Er pustete. Die leichte Steigung hatte ihm zu schaffen gemacht. Beim Absteigen kippte er beinahe um. „Hört zu, Jugendfreunde, macht heute mal die Schule allein, einverstanden?"

„Und Frau Badinsky?" fragte Helbi.

„Heute Nachmittag kommt der Direktor. Da erfahrt ihr mehr." Der Parteisekretär schwang sich wieder auf sein Rad und fuhr zur Fähre.

Helbi übernahm die erste Stunde und forderte die Schüler auf, vom „Tag der Befreiung" zu berichten.

Mein Magen zog sich schmerzhaft zusammen, da ich Angst vor den Fragen des Direktors hatte. Ich verhedderte mich auch im Unterricht, so dass Unruhe entstand und Helbi eingreifen musste.

Nach Schulschluss lief ich zur Bäckerei und fragte nach der Zeitung.

„Heute steht was drin", sagte Frau Habel, die eine gestärkte weiße Schürze trug und mich wie immer mit einem strengen Blick musterte, als wollte sie sagen: Lasst ja die Finger von meiner Tochter, ihr Schulmeister.

Auf der Bank unter den Kastanien blätterte ich gespannt zur Regionalseite. Als mein Blick auf die fette Überschrift *Ein tragischer Unfall* fiel, rief ich Helbi und las ihm den Artikel vor. *Ein tragischer Unglücksfall ereignete sich vor drei Tagen auf der Insel Heiligenpfort, bei dem die Unterstufenlehrerin Aimée Badinsky getötet wurde. Als ihr Ehemann, Oberleutnant Badinsky, seine Dienstwaffe reinigen wollte, löste sich ein Schuss und zerfetzte die Halsschlagader seiner Frau. Jede ärztliche Hilfe kam zu spät. Zwei Lehrerstudenten, die ihr Praktikum bei Frau Badinsky absolvieren, müssen sich nun ohne ihre Mentorin behelfen.*

„Sie schreiben nur von einem Schuss", rief ich.

„Kann doch sein."

„Eben nicht. Ich hab' zwei gehört. Dieses Schwein hat sie erschossen."

„Damit würd' ich vorsichtig sein", sagte Helbi.

„Vorsichtig? Wenn ich zwei gehört habe?"

„Vielleicht ist ja auch was anderes passiert?"

„Was denn?"

Helbi stand auf. „Lass uns Boot fahren. Da kommst du auf andere Gedanken.

Nach der Kahnfahrt warfen wir uns erschöpft ins warme Gras am Ufer.

„Das sind vielleicht meine letzten Stunden hier", sagte ich nach längerem Schweigen.

„Was können Sie dir denn anhaben?"

„Die finden immer was", sagte ich und erzählte ihm von der Szene mit Gottfried im *Roten Oktober*.

„Er war besoffen", sagte Helbi.

„Na und?"

„Es gibt Zeugen."

„Zeugen! Du weißt doch wie die sind."

*

Der Direktor und sein Stellvertreter Dröger erschienen gegen sechzehn Uhr. Dröger war wie der Direktor Soldat an der Ostfront gewesen und hatte die Antifaschule besucht. Er war Ende vierzig und im Gegensatz zum Direktor ein Dogmatiker, der die Beschlüsse der Partei auswendig lernte, um „richtig zu liegen". Er watschelte wie Sancho Pansa mit seinem dicken Bauch neben dem Direktor her. Er trug ein rotes Sporthemd mit Brusttasche, in dem seine Sonnenbrille steckte und wischte sich im Gehen mit einem karierten Taschentuch den Schweiß von der Stirn.

Beide begrüßten uns nur mit einem Kopfnicken, setzten sich an den Lehrertisch und ließen sich die Vorbereitungen zeigen. Dröger mäkelte an den Bildungs- und Erziehungszielen herum, die ihm von der „Ausrichtung des Klassenstandpunkts" nicht eindeutig genug erschienen. "Dass die Badinsky sowas abgenommen hat!", rief er. „Nun ja, was kann man erwarten..."

Der Direktor sah Dröger von der Seite an, machte ein bedenkliches Gesicht, sagte aber nichts.

Sie verhörten zuerst Helbi, dann mich. Da Helbi bei der Feier nicht anwesend war, forderten sie mich auf, den Abend zu schildern. Dröger musterte mich mit einem strengen Blick und fragte, ob Gottfried betrunken gewesen sei und wie sich Aimée und die anderen Gäste verhalten hätten.

Ich erzählte, wie ich die Feier erlebt hatte, wobei Dröger hin und wieder mit dem Kopf wackelte, als glaube er mir nicht.

Danach verlangte er eine Einschätzung Aimées als Mentorin.

„Sie hat uns viel beigebracht", sagte ich mit einem leichten Würgen im Hals.

„War sie nur eine gute Mentorin?", fragte Dröger lauernd. „Oder war da noch mehr?"

„Was meinen Sie?"

„Denk mal nach."

„Keine Ahnung", sagte ich leise.

„Wie?"

„Keine Ahnung", sagte ich lauter.

„Nein?"

„Nein."

„Wirklich nicht?"

Der Direktor fixierte mich jetzt ebenfalls mit einem starren Blick.

„Es wäre in deinem Interesse, uns die Wahrheit zu sagen", zischte Dröger.

„Was denn sonst", sagte ich und musste meine Wut unterdrücken.

„Habt ihr nicht auch Sachen gemacht, die man zwischen Mann und Frau macht?"

„Ich weiß nicht, was sie meinen", sagte ich.

„Ich glaub' schon. Denk nur nicht, dass du uns für dumm verkaufen kannst. Wir wissen mehr als du denkst."

Ich sah auf den Boden.

„Sieh uns an, wenn wir mit dir sprechen. - Wir haben einen Bericht vom hiesigen Parteisekretär", fuhr Dröger fort. „Dass du Damenbesuch hattest. Von Melanie Färber. Wo hat dieses Fräulein denn genächtigt?"

„In unserem Zimmer. Im Bett von Binder. Soll ich Ihnen Einzelheiten erzählen?"

Dröger starrte mich mit offenem Mund an. Er brauchte eine Weile, bis er sich fing. Recherchen hätten ergeben, fuhr er fort, dass Melanie den Genossen Badinsky mit ihrem Minirock erotisch provoziert habe. Ein Minirock sei ein Auswuchs kapitalistischer Warenproduktion, der der sexuellen Aufreizung diene, um gesellschaftspolitische Konflikte zu verschleiern.

„Nun mach's aber halblang, Genosse Dröger", unterbrach ihn der Direktor, „man kann's auch übertreiben. Schließlich sind die jungen Leute keine Mönche."

„Wir werden das in der Parteileitung besprechen und die notwendigen Maßnahmen ergreifen", entgegnete Dröger mit der Ernsthaftigkeit eines Scharfrichters und gab mir mit einer Handbewegung zu verstehen, dass ich entlassen sei.

Eine halbe Stunde später kamen beide nach draußen.

„Ihr haltet hier erst mal die Stellung", sagte Dröger. Dann sah er mich an. „Von deinem Verhalten wird abhängen, wie wir uns nach dem Praktikum entscheiden."

*

Helbi und ich teilten uns den Unterricht auf. Helbi übernahm Rechnen, Werken und Musik; ich Deutsch und Heimatkunde.

Nach Drögers Verhör malte ich mir die schlimmsten Folgen aus. Besonders schrecklich war die Vorstellung, dass meine Eltern von dem Vorfall erfahren könnten. Auch war mir unklar, wie ich die Resttage des Praktikums durchstehen sollte. Am liebsten wäre ich auf und davon. Doch wohin? Und zu wem? Zu meiner Großmutter in den Westen war unmöglich, da ich noch nicht volljährig war.

Die Bilder der Nacht mit Aimée schossen mir immer wieder durch den Kopf. Ich spürte, wie sie mich umarmte, küsste, ihren Körper an mich presste.

Und jetzt ist sie tot, sagte meine innere Stimme. Tot, tot, tot. Wahrscheinlich verfault sie bereits.

Erst nach Aimées Tod begriff ich, dass ich sie geliebt hatte. Meine Wut und mein Hass auf Gottfried wuchsen immer stärker an. Ich schwor ihm Rache. Doch was konnte ich gegen einen Offizier der Staatssicherheit, der mir auch körperlich überlegen war, tun? Nichts. Diese Hilflosigkeit verstärkte meine Wut. Ich ballte die Fäuste und schlug rechte und linke Gerade in die Luft, als wenn ich Gottfried vor mir hätte. Sein Gesicht blutete. Er bettelte um Gnade. Doch ich schlug, bis er am Boden lag und röchelte.

In der Dunkelheit trieb es mich wieder zur Villa. Zu meinem Erstaunen brannte im Wohnzimmer Licht. Wie schon am Tag des Mordes schlich ich mich hinter den Busch und entdeckte auf dem Teakholztischchen ein volles Glas Rotwein, das die Stehlampe beleuchtete. Auch in der Küche brannte Licht. Ein Schatten huschte über die Kacheln. Danach trat Gottfried pfeifend aus der Küche. Er hatte sich Bratkartoffeln und Spiegeleier gebraten. Durch die sorglose Art, wie er sich an den Tisch setzte, stieg erneut Wut in mir auf. - Ich muss ihn stellen! Ich darf jetzt nicht feige davon laufen. Ich muss ihm sagen, dass ich weiß, dass er ein Mörder ist. Ich muss ihm eine solche Angst einjagen, dass er keine Lust mehr hat, sein Spiegelei zu essen.

Wie von Sinnen schlich ich vor die Eingangstür und klingelte. Stille. Ich klingelte erneut. Endlich hörte ich, wie sich die innere Wohnungstür öffnete. „Wer ist da?" brüllte Gottfried.

„Ich", rief ich mit Angst und Triumph in der Stimme. „Stefan?!"

Er riss die Tür auf.

„Das hast du nicht erwartet, was?" schrie ich.

„Du weißt doch, dass..." rief Gottfried und riss erstaunt die Augen auf.

„...du ein Mörder bist? Ja! Es sind zwei Schüsse gewesen. Zwei! Andere haben es auch gehört. Du hast sie ermordet. Kaltblütig erschossen. Auch die Polizei lügt! Alle deine Genossen, was?!"

„Verschwinde", rief Gottfried und baute sich in seiner klobigen Kompaktheit vor mir auf. Diesmal war er nicht betrunken. Diesmal konnte er seine Kraft voll ausspielen. Doch das war mir egal. „Mörder!", schrie ich. „Du hast sie erschossen. Weil sie dir im Weg stand. Weil du mit anderen Weibern..."

„Der Frauenverführer!", lachte Gottfried. „Will *mir* Vorschriften machen! *Mich* kritisieren. Hau ab, du Idiot." Er rammte mir blitzschnell seine Faust auf die Brust, dass ich torkelte und keine Luft mehr bekam. Beim zweiten Schlag fiel ich auf die Steinplatten. „Lass dich hier nie wieder blicken, du Kuckucksei!" Bei dem Wort Kuckucksei verpasste er mir einen Fußtritt in den Hintern. Dann nochmal einen. „Verschwinde!"

Im Garten des Parteisekretärs flammte Licht auf.

„Was ist denn los?", rief der Parteisekretär über den Zaun. „Gottfried?"

„Ja. - Alles Gut. Bis morgen."

Ich lag stöhnend auf den Steinplatten. Mein Unterleib schmerzte. Ich hatte die Arme um den Kopf geschlungen und rührte mich nicht. Gottfried stand schnaufend hinter mir und verpasste mir einen dritten Fußtritt. „Frauenverführer!"

Danach ging er zur Haustür, spuckte in meine Richtung, schloss sie ab und löschte das Licht.

Ich lag noch eine Weile auf den Steinen und fühlte mich genauso gedemütigt wie nach dem Boxkampf. Erst einige Minuten später rappelte ich mich auf und schlich hinter den Büschen an Gottfrieds Wohnzimmerfenster vorbei. Er saß wieder am Tisch und aß in aller Ruhe seine Bratkartoffeln mit Spiegelei. Begreif' endlich, dass du gegen ihn keine Chance hast, raunte meine innere Stimme. Gegen ihn wirst du niemals gewinnen.

Das werden wir ja sehen, rief ich.

*

Da Helbi und ich keinen Lehrplan besaßen, hielten wir Stunden, die uns spontan in den Sinn kamen. Auch ohne Vorbereitung und sozialistische Erziehungs- und Bildungsziele.

„Du hinkst ja" sagte Helbi.

„Bin nachts aus dem Bett gefallen", sagte ich und verspürte den Schmerz in der rechten Pobacke so stark, dass ich mich am Bett festhalten musste.

„Aus dem Bett?"

„Ist mir schon öfter passiert."

Damit schien für ihn die Sache erledigt.

Nachmittags ging es mir etwas besser.

„Im Augenblick fühl' ich mich, als wenn ich über ein schaukelndes Drahtseil laufe", sagte Helbi.

„Ich auch."

„Und man kann nichts machen."

„Doch."

„Wie denn?"

„Zur Zeitung gehn."

„Zur Zeitung? Mach das nicht."

„Doch. Dann werden wir ja sehen."

„Aimée ist tot. "

„Ermordet."

„Dann pack mal gleich deine Koffer."

„Dieses Schwein hat in aller Ruhe Bratkartoffeln gefressen", schrie ich. „Das soll er mir büßen!"

*

Die Zeitungsredaktion bestand aus drei Zimmern, die sich in einem schäbigen Altbau befanden, der nach Schimmel und Zwiebeln roch.

Die Sekretärin betrachtete mich durch ihre dicken Brillengläser wie ein seltenes Insekt. Junge Leute besuchten die Redaktion offenbar selten. Im Gegenlicht vor dem Fenster wirkte ihr blondes Haar strohig und ihr Doppelkinn wabbelte, als sie fragte: „Was kann ich für dich tun, Jugendfreund?"

Als ich ihr sagte, was ich wollte, sah sie mich mit einem erstaunten Blick an und verwies mich an Regional-Redakteur Steiner, einen gut genährten Mann mit schwarzer Hornbrille, lockigen Koteletten und einer Halbglatze. Auch er warf mir einen erstaunten Blick zu, als ich ihm von den zwei Schüssen erzählte.

„Meine Freundin und zwei Fischer haben sie ebenfalls gehört."

„Aha. So! - Bei der Obduktion ist nur ein Schuss festgestellt worden. An der Halsschlagader, wie wir es berichtet haben. Du hast dich verhört, Jugendfreund."

„Auch meine Freundin und die beiden Fischer?"

„Werd' mal nicht frech, du Lümmel. Ich hab' die Leiche gesehen. Wir schreiben keine Lügen. Und jetzt raus hier! Dalli! Einen verdienten Genossen verleumden heißt die Partei beleidigen. Raus jetzt. Raus!" schrie er und schoss wie ein Gummiball von seinem Sessel hoch.

„Oder ich verpass' dir einen Tritt in den Arsch", schrie er und fuchtelte in der Luft herum.

Ich machte, dass ich weg kam. Am sowjetischen Friedhof setzte ich mich auf die Bank, auf der ich mit Aimée gesessen hatte. Ich wollte mich selbst davon überzeugen, dass nur *ein* Schuss auf Aimée abgegeben worden war. Darauf hast du kein Recht, sagte meine innere Stimme, da du kein Verwandter bist. Wo ist sie überhaupt? fragte ich mich und beschloss, Silke zu besuchen. Doch an der Aufnahme im Krankenhaus sagte man mir, dass sie nach Berlin gereist sei. - Hatten sie Aimée dorthin gebracht? Fand das Begräbnis in Berlin statt, um jegliches Aufsehen zu vermeiden?

*

Nachts schlich ich erneut zur Villa, die diesmal wieder in Dunkelheit lag. Gottfried schien sich in Luft aufgelöst zu haben.

Im Garten entdeckte ich die Umrisse der Liege, auf der sich Aimée gesonnt hatte. Gottfrieds Spaten lehnte am Schuppen und am hinteren Zaun zur Villa des Parteisekretärs stand die Schubkarre, die er beim Anlegen des Komposthaufens benutzt hatte.

*

Vor Schulbeginn winkte uns der Postbote wieder mit Briefen. Einen reichte er Helbi, den anderen mir. Meiner trug die Handschrift von Melanie, was mich überraschte wie auch die Westbriefmarke mit dem Porträt Melanchthons.

„Lieber Stefan", schrieb Melanie, „wir hatten die ständigen Drangsalierungen satt. Wir wollten uns nicht stets selbst verleugnen müssen, um einer Partei zu gefallen. Bitte verzeih mir mein Verhalten Dir gegenüber. Ich war dumm und naiv. Außerdem habe ich Dich, glaube ich, für einige Stunden wirklich geliebt. Das klingt pathetisch, doch das kannst du mir glauben. Nun sitze ich in diesem überfüllten Lager zwischen all den Flüchtlingen mit hoffnungslosen Blicken und weiß nicht, was ich mit mir anfangen soll. Ich habe Angst vor dem Leben und vor mir selbst. Mein Vater ist nervös, und meine Mutter weint ständig. In den nächsten Tagen kommt mein Bruder aus Südafrika und wird für uns alle Formalitäten erledigen. Ich schreibe dir wieder an Deine Eltern, wenn wir in gesicherten Verhältnissen sind. Adieu, Stefan. Schade, dass unser Zusammensein ein so furchtbares Ende nahm. Ich wünsche Dir alles Gute und viel Glück."

Wahrscheinlich wird sie ihr Abitur nachmachen, Medizin studieren und nach Afrika gehen, dachte ich. Helbi lag mit versteinertem Gesichtsausdruck auf dem Bett.

„Was ist denn passiert?", fragte ich.

„Mein Vater ist tot." Helbi presste die Hände vors Gesicht und weinte.

Ich hatte ihn noch nie so verzweifelt und hilflos erlebt.

*

„Eure Prüfung wird vorverlegt", teilte uns der Parteisekretär mit. „Euer Direktor und der Genosse Dröger kommen in den nächsten Tagen."

„Wann genau?", fragte Helbi.

„Da musst du ihn schon selber fragen."

Diese Ungewissheit löste zusätzlich Stress bei uns aus.

„Die kommen bald", sagte Helbi, „weil sie uns loswerden wollen."

Meine Prüfungsstunde über die Eidechsen hatte ich bereits mit Aimée vorbereitet und mir das entsprechende Anschauungsmaterial vom Schulamt besorgt. Angst hatte ich lediglich vor Dröger, wenn er mir weitere Fragen stellen sollte.

Zwei Tage später warteten beide um 9 Uhr 30 auf der Bank an den Kastanien.

„Wir konnten keinen neuen Mentor für euch finden. Deshalb müssen wir die Prüfung vorverlegen", sagte der Direktor.

Dröger zog die Hose hoch, die unter seinen Bauch gerutscht war. „Dann woll'n wir mal."

Helbi begann mit Rechnen. Die Kleinen übten das Einmaleins, die 3. und 4. Klasse löste Textaufgaben. Sie sollten die Preise für Fische, Boote oder Transportkosten ermitteln. Helbi wirkte fahrig und sah mehrmals in die Vorbereitung, was er sonst nie tat. Einmal verheddere er sich bei seinen Erläuterungen über die Produktionsweise sozialistischer Betriebe, die nun nicht mehr dem reichen Unternehmer Rothenheimer, sondern allen Werktätigen gehörten, die sich den Profit teilten.

Ein Junge meldete sich und sagte, dass sein Vater früher besser verdient habe und alles besser war.

„Das kann gar nicht sein", wies ihn Helbi zurecht, brachte aber keine weiteren Argumente vor. In früheren Stunden hätte er auf so eine Behauptung spontan und vom richtigen Klassenstandpunkt aus reagiert.

„Na nu? Er ist doch sonst so sicher?", flüsterte der Direktor mir zu.

„Sein Vater ist gestorben."

„Ach. Und woran?"

„Herzinfarkt."

Vor der Tafel fiel Helbi nicht ein, was er anschreiben wollte. Er lief zum Lehrertisch und suchte in den Vorbereitungen. Die Kinder scharrten mit den Füßen, zwickten sich und kicherten. Dröger verzog den Mund, was Helbi noch mehr verunsicherte.

Der Charme, den er sonst versprühte, fehlte.

Am Ende der Stunde lief er aus der Klasse.

Die Kinder tobten.

„Ruhe", schrie Dröger.

Der Direktor flüsterte mit ihm und schien ihm den Tod von Helbis Vater mitzuteilen. Dröger riss die Augen auf.

Inzwischen erschien Helbi wieder und setzte sich blass und mit hängenden Schultern auf meinen Platz.

Ich hatte plötzlich auch Angst zu versagen. Beim Herunterlassen der Verdunkelung und dem kurzen Film über das Leben der Eidechsen, verschwand sie allmählich.

Nach dem Film forderte ich die Schüler auf, von ihren Begegnungen mit Eidechsen zu berichten und wies auf die Lebensräume der Tiere hin, die sonnige, offene, ungedüngte Grundstücke bevorzugten. „Dort finden sie Nahrung und Nistplätze, aber auch Schutz vor ihren Feinden, den Katzen, Igeln, Hühnern, Greif- und Rabenvögeln. - Ein Junger Pionier schützt die Natur. Vor allem die bedrohten Tierarten wie die Eidechsen." Ich sah Aimée auf einem der hinteren

Stühle sitzen und mir zunicken. Sie trug ihren Leinenrock, die blaue Bluse und den Strohhut, den sie auch bei unserer ersten Begegnung getragen hatte. Für einen Augenblick geriet ich aus dem Konzept, fing mich aber sofort wieder, als mir Dröger eine strengen Blick zuwarf.

Ich gab den Erst- und Zweitklässlern in Ergänzung zum Thema der älteren Schüler einen Text, der das Verhalten der Raben beschrieb.

Nach der Lektüre ließ ich sie über das Gefieder eines ausgestopften Vogels aus dem Anschauungsschrank streichen und arbeitete das Erziehungsziel heraus: *Ein junger Pionier liebt die Vögel seiner Heimat. Er schützt sie, statt sie mit der Schleuder zu töten.*

„Großartige Stunde", sagte Helbi, als wir in der Küche auf das Urteil warteten. „Mit mir ist's aus." Er wies auf seine Stirn. „Alles leer."

„Wenn du ihnen sagst, dass dein Vater..."

„Niemals", fiel er mir ins Wort und starrte aus dem Fenster.

Einige Minuten später holte uns Dröger zur Urteilsverkündung.

Helbis Stunde bewerteten sie mit Vier, rechneten ihm aber seine früheren Leistungen an. „Kann mal passieren", sagte der Direktor, „wir sind ja keine Automaten."

Meine Stunde hatte sie überrascht. „Man muss sich nur Mühe geben, dann wird es auch", verkündete Dröger trocken. „Jedenfalls freuen wir uns, dass du eine so gute Entwicklung genommen hast. Trotz deiner Entgleisungen." Er lobte die Erziehungs- und Bildungsziele. „Wägt man deine vorhergehenden

Leistungen mit deiner Prüfungsstunde ab, können wir davon ausgehen, dass ein brauchbares Mitglied der Gesellschaft aus dir wird. Über deine außerschulischen Verhaltensweisen werden wir noch gesondert befinden."

Zu unserer Überraschung entließen sie uns bis zum Ende des Praktikums und der Zeugnisverteilung zu unseren Eltern. Offenbar wollte die Partei, dass wir so schnell wie möglich von der Insel verschwanden, um keine weiteren Nachforschungen anstellen zu können. „Verlängerte Ferien. Das lässt man sich gefallen", sagte Dröger in jovialem Ton, als sie sich verabschiedeten. „Morgen kommt eure Ablösung, ein Junglehrer aus Mergenthien. Bis spätestens 12 Uhr müsst ihr die Schule geräumt haben. Also dann: Bis zur Zeugnisverteilung am Institut."

*

Helbi und ich saßen auf der Bank vor der Schule. Durch die Kastanien fuhr ein leichter Wind, der das Abfahrtssignal der Fähre von der anderen Seite des Sees zu uns herüber trug.

Mein Blick fiel auf den Weg, den Aimée bei unserer Ankunft herauf geradelt war. Ich erinnerte mich, wie sie ihr Rad an eine Kastanien gestellt, die Arme ausbreitet und sich für ihr Zuspätkommen entschuldigt hatte. Erinnerte mich an die Berührung ihrer Hand an meinem Bizeps und wie sie beim Tanz zu mir aufgesehen und „ich will dich wieder" gesagt hatte.

Helbi steckte sich an der alten eine neue Zigarette an. Seine Hand zitterte leicht. Er blies den Rauch in die Luft, strich sich über seinen D'Artagnan-Bart und sagte: „Ich geh' was trinken. Kommst du mit?"

Im *Roten Oktober* roch es nach Bier, Wodka und abgestandenem Rauch. Eine schwarz-weiß gefleckte Katze strich um den Tresen und miaute. Die Bedienung stellte ihr ein Schälchen Milch auf den Holzfußboden und strich ihr über den Kopf.

An zwei Tischen tranken Fischer Bier und Klaren.

Mein Blick fiel durch die offene Gaststubentür in den Saal, in dem das Unglück seine Wurzeln hatte. Ich erinnerte mich an Melanies angeekeltes Gesicht, als Gottfried sie zu küssen versuchte und Aimées hasserfüllten Blick, als er lallend auf dem Boden saß.

Helbi stürzte das Bier und den Wodka in sich hinein. Er redete kaum, starrte vor sich hin. Mir ging es ebenso.

Auch ich nahm mir vor, mich zu betrinken.

Mitunter sahen die Fischer zu uns herüber.

Stunden später schwankten wir in der Dunkelheit nach Hause.

„Meine Mutter ist ohne den Alten nicht lebensfähig", rief Helbi. „Ich werd' bei ihr bleiben müssen." Er drehte sich um und pinkelte an einen Baum. „Zur Beerdigung geh' ich auf keinen Fall. Nur scheinheilige Fressen und verlogene Reden. Nicht mit mir."

*

Am nächsten Morgen erwachten wir verkatert, tranken starken Kaffee und packten unsere Koffer.

Schlimm für mich war, dass es keine Möglichkeit mehr gab, mich an Gottfried zu rächen.

Auf dem Weg zur Fähre liefen wir an der Bäckerei Habel vorbei. Wenn Heike im Laden gewesen wäre, hätte sie uns sehen müssen. Doch sie zeigte sich nicht.

„Wenn ich Heike heiraten würde, könnte ich in dieser Gegend leben", sagte Helbi, als ob er meine Gedanken erraten hätte. „Aber so jung heiraten?" Er schüttelte den Kopf. „Nee. Aber ich hab' sie gern gehabt, wirklich."

Von der Fähre warfen wir einen letzten Blick auf die Schule und Aimées Villa, die traurig und verlassen in der Sonne lag.

Der Fährmann grinste. „Geht's wieder heim?" rief er. „Wurde auch Zeit."

Wir taten, als ob wir es nicht gehört hätten und stellten uns in der Mitte der Fähre ans Geländer.

Durch Gleisarbeiten verspätete sich unser Zug um eine anderthalb Stunde.

Um nicht blöde rumzustehen, setzten wir uns in die Mitropa.

Helbi bestellte sich ein Bier und einen Klaren. „Du auch?"

„Heute nicht", sagte ich und begriff nicht, dass er schon so früh am Morgen wieder trinken konnte.

„Dass sie einen Toten vor der Beerdigung waschen und anziehen", sagte Helbi und schüttelte den Kopf. „Als ob man sich von einem Lebenden verabschiedet. - Mein Vater ist nackt eine Jammerfigur."

Nach dem dritten Wodka, den ein schlampig gekleideter, übellauniger Kellner auf den Tisch geknallt hatte, nahm Helbi sich vor, seinen Vater zu rächen. „Ich weiß nur noch nicht wie."

Nach dem vierten Klaren bat ich ihn, nichts mehr zu trinken. Doch er winkte ab, schlug auf den Tisch und beschimpfte die Partei als Kaderschmiede für Idioten. „Was willst du von Bauarbeitern erwarten, frag' ich dich? Keine Ahnung von Wirtschaft und politischer Führung. Mein Alter war ein Opfer ihrer Dummheit", schrie er so laut, dass in der Gaststätte sofort eine lauernde Stille eintrat.

In die Stille hinein erschien Gottfried, als ob er uns in der *Mitropa* zu treffen geahnt hätte. Oder wusste er es? Seine goldenen Sterne glänzten auf den silbernen Achselstücken. Seine Mütze saß verwegen auf dem Kopf. Er wirkte frisch, ausgeruht und war sauber rasiert.

Erschrocken starrte ich auf das gelb karierte Tischtuch, weil ich den Blickkontakt vermeiden wollte und ein Zittern der Wut meinen Körper erfasste. Mein Blut hämmerte in den Schläfen. Am liebsten hätte ich ihn niedergeschlagen. Doch ich biss die Zähne aufeinander.

„Hallo, Jugendfreunde", rief Gottfried, als ob nichts gewesen wäre.

Helbi trank den Rest des Wodkas und fixierte ihn mit starrem Blick. Er wollte aufstehen, fiel jedoch wieder auf den Stuhl zurück und gab einen Schlucklaut von sich. „Hau ab!" rief er lallend und richtete sich schwankend wieder auf. „Auch so einer von denen. Immer auf der richtigen Seite, was? Die neusten Parteitagsbeschlüsse im Sack." Helbi lachte hysterisch. „Scheißkerl!"

„Was ist denn mit dir los?", rief Gottfried lachend und legte Helbi die Hand auf die Schulter. „Wohl ein bisschen zu viel getrunken?!"

„Nimm deine dreckigen Pfoten weg!", schrie Helbi. „Nimm sie weg."

„Na, dann werd' ich mal wieder", sagte Gottfried mit einem krampfhaften Lächeln. „Viel Glück für eure Zukunft." Sein letzter Blick blieb an mir haften.

Helbi schrie ihm nach: „Verdammter Hund! Du hast sie umgebracht. Dem passiert natürlich nichts!"

Die Gäste starrten uns entgeistert an.

„Da braucht ihr gar nicht so blöde zu glotzen", schrie Helbi. „Ober, noch nen Klaren."

„Nichts mehr", rief der Ober. „Bezahlen. Randalierer sind hier unerwünscht."

„Wo gibt's denn so was?!", protestierte Helbi und hielt sich am Stuhl fest.

„Wenn du jetzt nicht gleich die Schnauze hältst", zischte ich, „hau ich dir eins rein. In deinem eigenen Interesse."

Ich hob meine Faust.

Helbi lachte schrill. „Eine Flasche wie du? - Ja, ja, komm nur, komm", höhnte er, „wenn du ein Kerl bist, du Lusche."

Ich sprang auf. Meine Faust schoss mit einer halben Drehung aus dem Oberkörper und traf Helbis Kinnspitze. Seine Augen weiteten sich ungläubig, dann ging er zu Boden und riss die Tischdecke und die Gläser mit sich.

Die Gäste schrien auf. Der Kellner stürzte schimpfend auf uns zu. „Ruft die Bahnpolizei", rief er dem Tresenmann zu.

„Das ist ja unglaublich", schrie der Kellner mich an und half Helbi auf die Beine, der zwischen zersplittertem Glas lag und an der Hand blutete.

„Jetzt muss ich auch noch einen Arzt rufen. Verdammter Schläger!"

„Sie hätten ihm gar keinen Alkohol ausschenken dürfen", rief ich, „er ist noch minderjährig. Jedenfalls noch einen Monat."

„Was?", schrie der Kellner.

Die inzwischen eingetrudelte Bahnpolizei forderte die Gäste zur Ruhe auf.

„Was ist hier passiert?"

Der Kellner rief einen Arzt an.

„Nichts", sagte Helbi und breitete unschuldig die Arme aus.

„Werden Sie nicht frech."

Helbi wirkte wieder nüchtern. Er zeigte auf mich und sagte: „Ich hab' ihn provoziert."

„Das ist unsozialistisches Verhalten in der Öffentlichkeit", sagte einer der Polizisten und nahm unsere Personalien auf.

Mir war übel. Ich wäre am liebsten auf die Toilette gerannt, doch das hätte nach Flucht ausgesehen. Also versuchte ich, unauffällig zu würgen und zählte gedanklich bis zehn.

„Muss das denn wirklich sein?" fragte der Kellner, der Schiss bekommen hatte. „Ihr versaut den Jungs doch die Zukunft."

„Das hätten sie sich früher überlegen sollen."

Der andere Bahnpolizist, der nicht viel älter war als wir, nahm den Kellner beiseite und redete auf ihn ein.

Offenbar hielt er ihm vor, dass er Helbi Alkohol ausgeschenkt hatte.

„Sie werden von uns hören", sagten die Polizisten und verschwanden.

Kurz darauf erschien Silke mit einem Arztkoffer.

„Die Lehrerstudenten", rief sie erstaunt. „Prügeln sich in aller Öffentlichkeit. Das ist gar nicht gut, Jugendfreunde." Sie wirkte geschäftsmäßig, kalt. Mich würdigte sie keines Blickes. „Halb so schlimm. Da machen wir Jod drauf", sagte sie, nachdem sie Helbis Wunde begutachtet hatte.

Helbi schnaufte und schloss die Augen.

„Ist dir schlecht?"

Helbi schüttelte den Kopf und grunzte, als ob er träume.

Beim Anlegen des Verbandes sah Silke doch kurz zu mir auf und sagte: „Du scheinst ja einen tollen Bums zu haben."

„Es waren zwei Schüsse", schleuderte ich ihr wütend ins Gesicht.

„Du musst es ja wissen", sagte sie lächelnd.

Das sind die letzten Worte, an die ich mich erinnere.

*

Die Institutsleitung entschied trotz der Auseinandersetzung in der Mitropa, Helbi und mich nicht zu relegieren. Wahrscheinlich hätte es einen zu großen wirtschaftlichen Schaden bedeutet, auf zwei ausgebildete Junglehrer zu verzichten. Eine Strafe erhielten wir aber dennoch. Man verbannte uns in entlegene Dörfer; Helbi in den Süden der Republik, mich in den Norden nach Büschen in eine düstere Waldgegend, fünfzig Kilometer von der Kreisstadt Gallenberg entfernt.

Ein Jahr später, im Juli 1961, floh ich über die grüne Grenze in den Westen.

Und was geschah mit Gottfried? Er wurde einige Jahre später zum stellvertretenden Minister für Staatssicherheit befördert. Manchmal habe ich ihn bei den Paraden neben den Parteioberen im Fernsehen entdeckt.

Zeitfracht Medien GmbH
Ferdinand-Jühlke-Straße 7
99095 Erfurt, Deutschland
produktsicherheit@kolibri360.de